目次

JN126517

第一話　副将軍誘拐

一

元禄《げんろく》七年（一六九四）文月《ふみづき》三日の昼下がり、残暑厳しく、強い日差しが降りそそいでいる。暦《こよみ》の上では秋を迎えたが、蟬《せみ》の鳴き声もいっこうに衰えず、江戸中のそこかしこで西瓜《すいか》が飛ぶように売れていた。

神田明神下の盛り場も、冷たい麦湯や心太《ところてん》を求める男女で茶店は賑わっていた。

「助さんや、弓をやろうではないか」

徳川御三家、水戸家の隠居である中納言光圀《みつくに》は、お供に従えた家臣の佐々野《ささの》助三郎《すけさぶろう》を誘った。

光圀は四年前に隠居し、かねてより心血をそそぐ『大日本史』編纂に専念している。今日も「大日本史」編纂にあたっての史料収集をみずからおこなうべく、神田明神を参詣した……。

というのは表向きで、実際の光圀はお忍びでの市中散策が大好き、史料収集、民情視察を名目に、神田界隈を散策している。

散策のお供は、決まって佐々野助三郎である。

「ご隠居、若い娘の色香に惑わされないでくださいよ」

助三郎は楊弓場《ようきゆうば》に視線を向けた。

助三郎の言葉を裏づけるように、矢取女が光圀を手招きしている。

ちなみにこのふたり、市中散策の際はお互いを、「ご隠居」「助さん」と呼びあっている。そればかりか、光圀は助三郎を相棒とも呼んでいた。

光圀は隠居した直参《じきさん》旗本、徳田光九郎《みつくろう》を名乗り、助三郎は徳田家の家臣で通していた。

「勘繰るでない。わしはな、つねに文武両道を心がけておる。『大日本史』編纂に役立つ史料を収集する文とともに、武芸を鍛える場に遭遇したなら、躊躇《ためら》わずに足を踏み入れる。助さんもやりなさい」

もっともらしい顔で光圀は言った。

白絹の小袖に仙台平の袴、という気楽な格好で散策する光圀は、齢《よわい》六十七の高齢ながら肌艶がよく眼光が鋭い。面長、鼻筋が通った顔は、若き日の男前を感じさせもする。

ただ、髪と鼻の下にたくわえた髭は、年相応に真っ白であった。

対して、紺地無紋の小袖に裁着《たっつ》け袴を穿いた助三郎は、二十八歳。

長身ではないが、すらりとしている。細面の顔は男前ではないが、どんぐり眼《まなこ》のせいで愛嬌を感じさせた。高い鼻は筋が通り、薄い唇は紅を差したように真っ赤である。

「楊弓場は武芸の場ではなく、遊戯の場ですぞ」

助三郎が意見すると、

「ならば……民情視察じゃ。天下の副将軍ゆえ、民の暮らしぶりも知る必要があろう」

臆することなく光圀は返し、楊弓場に向かった。やれやれ、と助三郎も従う。

光圀は矢取女からやにさがった顔で矢を十本ほど受け取り、弓に番《つが》える。

「申しておきますが、公儀に副将軍などという官職はございません。誤った事柄が『大日本史』に記録されてはなりませぬ」

光圀の耳元で、助三郎はささやいた。

助三郎が言うように、幕府の職制に副将軍はない。

しかし、光圀は庶民から「天下の副将軍」として畏敬《いけい》されている。

水戸家の当主は、現役でいる間は江戸に定府することが義務づけされ、国許《くにもと》には戻れない。

御三家のひとつである水戸家の当主に、江戸で将軍を補佐してほしい、という将軍家の思惑なのだが、水戸家からすれば、参勤交代の義務を負わぬ特別な家柄、という誇りとしてきた。

光圀の散策好きは、いつしか読売でおおげさに語られるようになっている。

――水戸の御老公さまは、お忍びで市中を散策、遠国《おんごく》を漫遊し、行く先々の悪党を懲らしめている……。

などという物語が流布《るふ》し、光圀を副将軍と見なすようになったのである。

光圀自身、副将軍と尊称されることを、誇りに思い、おおいに楽しんでいるようだ。幕府にしても、読売が水戸家を批難しているわけではない以上、咎めもできず、水戸家の面子《めんつ》を立てて黙認している。

「わかっておる」

光圀は小声で返すと、的に狙いをつけた。

が、矢取女が気になるようだ。矢取女は、一本でも無駄な矢を射させようとしてであろう、着物を着崩し、襟元をはだけている。こんな見えすいた矢取女の計略に乗せられ、光圀は狙いが定まらず、十本すべてを外し、さらに十本を買い求めた。

「武芸の鍛錬、怠っておられますな」

ふたたび、助三郎はささやいた。

光圀はむっとして、

「助さんがよけいなことを言うから、集中できなかったのじゃ」

と、助三郎のせいにした。

日頃から助三郎は光圀に、「ひとこと多い」やら「よけいな言葉を吐く」などと苛つかれている。

だが助三郎にすれば、正論を言上しているだけだ。

「これは失礼しました。弘法《こうぼう》も筆の誤り、でござりました」

慇懃《いんぎん》に助三郎は訂正した。このように、馬鹿丁寧にへりくだったりもする。

「なに、弘法、筆を選ばず、じゃ」

今度こそ図星に的中させてみせる、と光圀は意気込んだが、

「まあ、すてき」

と、矢取女から黄色い声をかけられると、たちまちにして目尻がさがり、またも図星どころか的にかすりもしなかった。

「ああ、そうじゃ。催してきたのじゃ」

今度は尿意のせいにして、光圀は、厠《かわや》へ行く、と楊弓場を出た。

——よし、助三郎をからかってやろう。

しばし、姿をくらまし、助三郎が驚いて自分を捜すさまを見物しよう、と光圀は考えた。

楊弓場の裏手に出てみると、色っぽい女が立っている。髪を洗ったときのようにさげたまま、いわゆる洗い髪に、目鼻立ちが整った美人だ。紅地に朝顔を描いた小袖と紫の帯が、よく似合っていた。

女は光圀に微笑みかけてきた。洗い髪が風になびき、日輪を受けて光沢を放った。どこかの水茶屋の女中であろうか。水茶屋はこうした洗い髪の艶っぽい女を看板娘に立てて、客引きをおこなう。

「よし、おまえの店で休むぞ」

光圀は女に近づいた。

と、次の瞬間、後頭部に衝撃を受け、光圀は失神した。

「ご隠居……」

小用に行ったまま、光圀が楊弓場に戻ってこない。

「まったく……しょうがないご隠居だな」

助三郎の目を逃れ、光圀は勝手に出歩いているようだ。どこへ行ってしまわれたのだ。助三郎は、神田明神下の盛り場を探しまわった。

「すみませぬ、こういう年老いた侍を見かけませんでしたか」

光圀の人相を伝え、茶店などで見かけていないか、確かめる。若い娘が好きな光圀ゆえ、女中が接客する水茶屋を中心に、念入りに聞きこんだ。

しかし、

「さあ……」

と、首を傾げられるばかりであった。

揚弓場に戻り、しばし待つ。

「あの〜」

弓をやらないのか、と矢取女が恨めしそうに問いかけてくる。いかにも邪魔だと言いたげだ。

しかたがない。弓を十本買って、やってみる。

しかし、光圀のことが気にかかって集中できず、一本も的を射ることはできなかった。それが、光圀の身勝手さへの苛立ちを、ますます募らせる。

時は過ぎ、夕闇が迫っていた。

「ご隠居……」

夕空を助三郎は、呆然と見あげた。

虚しく、烏《からす》が飛んでゆく。

まさか、なんらかの事件に巻きこまれたのだろうか。

いや、光圀のことだ。

自分をからかおうと姿を消し、困らせ、藩邸に戻ったら動揺している助三郎を見て笑うつもりかもしれない。

——きっとそうだ。

そうあってほしい。

藩邸に戻ったら、

「助さん、驚いたであろう」

得意そうに笑う光圀の顔が浮かぶ。

いや、あまりに楽観的な考えだ。楽観は、光圀の得意とするところ。一縷《いちる》の望みを託し、助三郎はもうひとまわり探してみた。

二

光圀は目隠しと猿轡《さるぐつわ》をされたうえに縄で後ろ手に縛られ、駕籠に揺られていた。殴られた後頭部が、ずきずきする。

「無礼者！」

叫んでいるつもりだが、猿轡が邪魔をし、言葉にならない。

「爺さん、おとなしくしてな」

女の声が聞こえた。

「わしとしたことが……」

性悪女の色香に惑った自分が恨めしい。

駕籠がどこをどう走っているのか、さっぱり見当もつかない。

暮れ六つを告げる時の鐘が聞こえた。

神田界隈、おそらく日本橋本石町《ほんごくちょう》の時の鐘で打ち鳴らされたものだろう。鐘の音はどっちから聞こえるのか、光圀は耳を澄ました。

すると、耳をつんざく銅鑼《どら》の音が聞こえた。どうやら、駕籠の横で鳴らしているようだ。きっと、光圀に進む方角を悟らせないために違いない。

「ふん、小賢しい真似をしおって」

光圀は毒づいた。

じたばたしても、しかたがない。

こいつらのお手並み拝見といこうか。

——わしをかどわかしたのは、身代金目あてであろう。わしを水戸光圀と知ってのことであろうか。

知っているとすれば、身代金以外の目的ということも考えられる。その場合は、厄介なことになるかもしれない。

水戸徳川家にとっては、大きな災害となろう。かどわかした娘と駕籠かきはおそらく仲間で、いずれも町人のようだが、黒幕がいるのかもしれない。

そんなことを考えているうちに、光圀はうつらうつらと船を漕ぎだした。

やがて、

「爺さん、おりな」

と、女の声が聞こえた。

光圀はあくびをした。垂れ幕が開けられる。女は光圀の猿轡を外した。

「呆れた……この爺さん、居眠りしていたよ」

ぼんやりと耳朶の奥に、女の声が響いた。

「爺さん！」

女は大声で呼ばわる。

「うるさい、聞こえたわ！」

女の声にも負けない大音声を返し、光圀は腰をあげようとした。が、目隠しされているうえに縄で縛られているため、思うように動けない。

「おいこら、手を貸せ。わしは目隠しをされ、縄で縛られておるのじゃぞ。人手を借りずに立てると思うか。まったく、気が利かぬのう」

光圀は声のほうに顔を向けた。

「しょうがないね」

女は光圀の手を取って肩を貸した。

光圀は、女によりかかりながら歩きはじめた。しめしめと大きくよろめき、女の身体に触れようとしたが、ぴしゃりと手を叩かれた。窮地にあっても好奇心と好色を失わない、まさに天下の副将軍さまである。

「ここはどこじゃ」

目隠しをされたまま、光圀は周囲を見まわした。

「さてどこだろうね。地獄の一丁目かもしれないよ」

女はけたけたと笑った。

「おもしろいことを申すのう。なら、おまえたちは鬼か」

光圀も笑った。

「お黙り！」

女は叱りつけると、光圀を引っ張っていった。

建物の中に入ったところで光圀は目隠しを取られ、縄を解かれた。指で目頭《めがしら》を揉み、周囲を見まわす。ぼおっと霞《かす》む視界には、夜の帳《とばり》がおりていて、部屋の中は暗かった。八畳の殺風景な座敷である。指で後頭部をさすったが、幸い瘤《こぶ》はできていない。

残暑厳しい夜とあって、障子は開け放たれている。夕月が降りそそぎ、薄ぼんやりと影絵のように庭が浮かんでいる。雑草が生い茂っていて、手入れがなされていない。秋の虫の鳴き声ばかりが、風情を漂わせていた。

「おい、誰か」

光圀は呼ばわった。

すぐに女がやってきた。神田明神下の盛り場で、色目を使って光圀を誘いだした女である。

「そなたひとりではあるまい。仲間がおろう。駕籠かきは仲間なのか。ほかには……」

光圀の問いかけには答えず、

「あたいがね、爺さんの世話をしてやるんだよ。ありがたいと思いな」

女は恩着せがましく返した。

はすっぱな物言いだが不愉快な気がしないのは、光圀がこの女の色香に血迷ったとはいえ、好意を寄せたせいだ。

それが災いして、拉致《らち》の憂《う》き目に遭ったのだが……。

助三郎の忠告に耳を貸すべきだったと反省したものの、すぐに助三郎のしたり顔が思いだされ、忌々しくなって舌打ちをした。

「それは感謝しないとな」

余裕を見せるため、光圀は笑みを浮かべた。

「あんた、直参なんだろう。ご隠居とか光翁《みつおう》さまとか呼ばれていたけど」

水戸光圀と知らずに誘拐したようだ。

ということは、身代金目的で決まりだ。

「ああ、わしは直参旗本、徳田光九郎じゃ。そなたは……」

光圀の質問には、女は口を閉ざした。誘拐相手に名前を知られたくはないのだろう。

「顔は見せておるではないか。名乗れ……偽りの名でもよい。でないと、不便じゃ」

光圀が頼むと、

「しょうがないね。じゃあ、あたいは……絹《きぬ》だ」

と、女は名乗った。

「うむ、お絹か。よかろう。わしをかどわかした目的は金か」

あらためて光圀は確かめた。

「あんたみたいな爺さんをかどわかすのにさ、金以外になんの目的があるって言うんだい」

お絹はせせら笑った。

そうさなあ、と光圀は腕を組み、

「お絹がわしに惚れて、独り占めにしたくなったから……ということも考えられるぞ」

「けっ、ずうずうしい爺さんだね。それとも、頭の中がお花畑かい」

お絹は小鼻を膨らませた。

光圀は動ぜず、

「して、いくら要求するつもりだ」

と、にんまりとした。

「百両ももらおうかね」

不敵な笑みを浮かべ、お絹は返した。洗い髪を両手ですき、光圀を算段するように見つめた。

思わず光圀は吹きだした。

お絹はむっとして、

「なんだい、払えないっていうのかい。じゃあ、いくらなら出すんだい。あんたの息子、旗本のお殿さまなんだろう。父上さまのために、百両くらい出せるんじゃないのかい」

と、責めたててきた。

「さて、倅《せがれ》の奴、払うかのう」

おもしろそうに、光圀は笑みを深めた。

「出さないのかい。爺さんの息子、冷たいんだね。それとも、貧乏なのかい。あ、そうか、爺さん、嫌われているんだろう。その気性じゃ、厄介者扱いされているんじゃないのかい」

嫌な顔をして、お絹はまくしたてた。

「いいや、百両でいいのか、と聞いておるのじゃ」

悠然と光圀は、お絹を見返した。

お絹の目が大きく見開かれた。

「なんだって……百両よりも大金を払ってくれるのかい」

「ああ、そうじゃ。希望の額を申してみよ」

光圀は胸を反らした。

「ええ……そうさねえ……ちょいと、待っておくれよ」

そそくさとお絹は部屋を出た。

どうやら仲間と相談か、親分の指示を受けにいったようだ。

「とんだ小者じゃな」

ほっとすると同時に、拍子抜けもした。

もっとも、お絹たちは光圀を旗本の隠居と目をつけてさらったのだから、水戸徳川家相手に勝負を挑むような大物のはずはない。

部屋を抜けて逃げだそうか、と思ったが、さすがに逃がすようなどじな真似はしないだろう。

ほどなくして、お絹が戻ってきた。

「親分はいくら要求しろ、と申した」

光圀が問いかけると、

「五百両でどうだい」

お絹は即答した。

本当に、こいつらは小悪党だ。

「おまえなあ……わしを安く見るな！」

光圀は怒鳴った。

「す、すまないね」

思わずといったようにお絹は詫びてから、

「じゃあ、千両でどうだい」

と、恐る恐る両手をいっぱい広げた。

「馬鹿め」

今度は鼻で笑った。

「それなら……」

お絹はどうしていいのか、わからなくなったようだ。

「桁《けた》が違う」

おもむろに光圀は告げた。

「桁が違うって……ということは」

目を白黒させながら、お絹は首を傾げた。

「一万両じゃ」

教えるように光圀は言った。

「い、い、一万……両」

お絹は絶句した。

次いで、

「爺さん、あんた……いったい、何者、いや、なにさまなんだ」

恐怖を感じてか、お絹の顔は強張ってしまった。

三

助三郎は一縷の希望を抱きながら、小石川にある水戸徳川家上屋敷に戻った。三十万坪もの広大な敷地の一角に設けられた、彰考館《しょうこうかん》を目指す。

「彰考往来、すなわち、往きたるを彰《あきらか》にし、来たるを考えるという意味である」

彰考館の設立者・徳川光圀の言葉である。古代中国の儒学者孔子《こうし》の著作、「春秋」を解説した、「春秋左氏伝《しゅんじゅうさしでん》」の序文、「彰往考来」に由来する。

光圀は水戸家をあげた大事業、「大日本史」編纂のために史局を造り、彰考館と名づけた。

門戸には光圀が、「彰考館」と書き記した扁額《へんがく》が飾られていた。

見る者をして厳かな気持ちにさせる雄渾《ゆうこん》な筆遣いからは、とても娘の色香に惑って誘拐される年寄りは想像できない。

彰考館には、四十人ほどの館員が出仕している。館員たちをまとめる総裁を務めているのは、安積格之進《あづみかくのしん》だ。

安積格之進の部屋を訪ねると、裃《かみしも》に威儀を正した格之進が静かに座っていた。三十九歳の働き盛り、光圀から彰考館の総裁を任されているように、真面目一方の男だ。

彰考館のみならず、水戸家中においても堅物で通っており、そんな人柄を表すような四角い顔であることから、格之進の「格」に四角の「角」を重ねられ、「四角殿」とあだ名をつけられている。

格之進は四角い顔をこちらに向け、

「御老公は……」

と、首を傾げた。

「お帰りではありませぬか……」

問い直しながら、助三郎は目の前が真っ暗になった。

「どうしたのじゃ」

格之進は目をしばたたいた。

「それが……」

口を閉ざしたが、隠しだてはできない。神田明神下の盛り場で、光圀とはぐれたことを助三郎は話した。

「なんじゃと」

格之進は目をむいた。

四角い顔がいっそう角張り、一瞬にして眉間《みけん》に青筋が立った。

「申しわけございませぬ」

助三郎は両手をついた。どんぐり眼がくりくりと動き、真っ赤な唇がへの字に引き結ばれる。

「申しわけないで済むと思っておるのか」

格之進はいきりたった。両目がつりあがり、肩が震えている。

が、激情に駆られている場合ではない、と自分を諫《いさ》めたようで、すぐに落ち着きを取り戻し、

「ともかく、無事のお帰りを待つか、家中をあげて探すか……探すとしても、公儀の耳に入れば事が大きくなる。天下の一大事となるかもしれぬ……あ、いや、そんなことを言っておる場合ではないな。御老公の御身が、なにより大事だ。と

なると……」

と、立て板に水でまくしたてたが、大事出来に考えがまとまらない様子だ。

「おそらく、何者かにかどわかされたものと存じます。さすがの御老公も、みずからが姿を消した場合の重大さは、十分にご存じでしょう」

助三郎の推測に、格之進も同意し、

「その可能性が大きいな。束の間、いなくなったくらいならばともかく、よもや町場でおもしろ半分にいなくなりはしないはずだ。いったい何者が御老公を……御老公や水戸家を敵視する者の仕業であろうかのう」

格之進の心配は強くなるばかりだ。

「なんとも判断ができませぬ。身代金目的のかどわかしの可能性もあります」

「下手人め、水戸の御老公をかどわかせば莫大な身代金をふんだくれる、と算段したのであろうかのう。しかし、水戸家相手に身代金を奪えると、本気で思っておるのか。そんなことをすれば無事では済まぬ、とどんな悪党でも及び腰になろう。やくざ者、山賊の類《たぐい》ではなく、どこかの大名が身代金目当てに御老公をかどわかすなど、ありえぬしな」

格之進の考えには、そうであってほしい、という願いもこめられていた。

「わたしも四角殿と同じ考えです。となりますと下手人は、水戸の御老公とは知らずにかどわかした可能性が大です」

「そうじゃな。しかし、その場合、身代金の請求先はどうなる」

格之進は疑問を呈した。

「直参旗本、徳田家ということになりますが……実在せぬ徳田家に身代金は求められませぬな。御老公も下手人に身代金を要求され、適当な旗本屋敷をでっちあげるわけにはいきませぬ。おそらくは、水戸藩邸に身代金の請求がくる、のではないでしょうか」

助三郎の見通しに、

「そうじゃのう」

格之進も同意して唸《うな》った。

「となりますと、今夜あたりに、身代金の脅迫文書が届くかもしれませぬ」

この推測にも、格之進は同意した。

ふたりは、それ以上の思案はしてもしかたがない、ということでも一致したが、そうは言っても待つことのつらさが募る。

どちらからともなく、空咳とため息が漏れるばかりだ。もちろん、食事どころではない。

「いかがしたものか」

格之進は独り言のように繰り返す。

対して、助三郎は冷静になってきた。

「四角殿、いままでも御老公は、運のよいお方でござります」

助三郎は語りかけたが、

「そうであるな」

格之進は生返事である。

「ここは御老公の運に期待をいたしましょうぞ」

語気を強め、助三郎は言った。

「いかにも、期待しようぞ」

今度は正気になって、格之進はうなずいた。

が、平常心に戻ったのは束の間のことで、

「殿にお伝えするか……いや、なんの状況も不明のままお聞かせしては、よけいにご心配を誘うばかりじゃな。と、申しても、事態が進展するのはいつだともわからぬし……困ったのう」

唸り声をあげ、格之進は苦悩した。

四

「一万両……」

お絹は目を見開いたまま固まってしまった。

「驚いてもかまわぬが、さっさと要求したらどうじゃ」

光圀は勧めた。

「一万両なんて、そんな途方もないお金……爺さん、法螺《ほら》を吹くのもたいがいにしなよ」

お絹は信じられないようだ。

「法螺と思うなら、一万両は手に入らないぞ。それでもいいのか。濡れ手に粟を逃すもつかむも、おまえたち次第じゃ。さあ、どうする」

からかうように光圀は語りかけた。

「そりゃそうだけど……」

お絹は本気にしていない。一万両などと言われても現実離れがして、実感が湧かないのだろう。

果たして、

「一万両っていうとさ、小判が何枚だい」

と、とんちんかんな質問をする始末だ。

「一万枚じゃ」

光圀が答えると、お絹は目を丸くしてさらに見当外れなことを言いだした。

「小判一万枚ってことはさ、積みあげると、富士のお山ほどの高さになるんじゃないのかい」

光圀は鼻白み、

「そんなになるものか……せいぜい、おまえの身の丈くらいじゃろう」

「あたいの背丈……」

お絹は立ちあがり、自分の頭を手で撫でてから、

「そんな馬鹿な。一万両だよ。いいかげんなことばっかり言うんだから……」

と、文句を言ってから、小馬鹿にされたと思ったようで腰をすとんと落とし、

光圀に反論を続けた。

「爺さん、一万両を見たことがあるのかい」

「ああ、あるぞ」

「富士のお山はおおげさでも、見あげるようだったはずだよ」

「落ち着け、千両箱が十個だぞ。小判そのものは、厚さこれくらいじゃ」

光圀は親指と人差し指をくっつけんばかりに寄せて、小判の厚みを表現した。

しげしげとそれを見ていたお絹は、

「ふ～ん、よくわからないけど、途方もない大金てことには変わりないさ。千代田のお城の金蔵にだってあるもんかね」

と、今度は一万両という大金の実在を疑いだした。

相手になるのが面倒だが、暇つぶしにはなる。

「よいか、東照大権現《とうしょうだいごんげん》さま……つまり初代将軍、徳川家康公は、三百万両もの金を残されたのじゃぞ」

「三百万両だって……それこそ積みあげれば、富士のお山、いや、お月さまに届くんじゃないのかい」

お絹には理解不能のようだ。

「おまえでは話にならぬ。親分を連れてこい」

いいかげん苛立って、光圀は命じた。

「いや、それは……」

お絹は躊躇っている。

「女のおまえにだけ危ない目に遭わせるとは、なんとも卑怯《ひきょう》な男じゃのう！」

光圀はわざと大きな声を出した。

お絹は黙っている。

すると、

「卑怯者で悪かったな」

と、野太い声が聞こえた。

その直後、侍が入ってきた。

月代《さかやき》が伸び、口のまわりには無精髭が生えている。くたびれた木綿の小袖、襞がなくなった、よれよれの袴と相まって浪人であろう。

「ほう、おまえが首謀者か。いかにも悪党の面構えじゃ」

光圀が評したように、浪人の目はつりあがり、げじげじ眉毛、左頬には縦に刀傷が走っていた。

「おれが仕掛けた」

浪人は認めた。

「名は」

光圀は聞いた。

「天下の素浪人、一木《いちき》主水《もんど》だ」

一木は胸を張った。

「浪人か。ならば、本名か偽名かなど問うまい。一木でよかろう」

鷹揚に光圀は受け入れた。

「ご老体、ずいぶんとお元気ですな」

一木はまじまじと光圀を見た。

「元気じゃろうが病じゃろうが、おまえらが気遣うこともあるまい」

光圀は悪態《あくたい》を吐いた。

「いやあ、これは頼もしい」

肩を揺すって、一木は笑った。

「それで、一万両は欲しいであろう」

「ああ、欲しいな。一生どころか、末代まで遊んで暮らせる」

躊躇わず一木は答えた。

「ならば、文を出せばよかろう」

光圀の勧めに、

「屋敷の所在を教えろ」

と、一木は応じた。

「小石川じゃ」

「小石川……水戸藩邸の近くか」

一木は目を凝らした。

「その水戸藩邸じゃ。藩邸内の彰考館に文を出せ」

「彰考館だと……」

狐につままれたような顔で、一木は問い直した。

「彰考館の安積格之進に、わしの身代金を要求するのじゃ」

光圀は指示をした。

「…………」

一木は言葉を失い、お絹を見た。お絹は、なんのことかわからないようだが、ただならぬ事態だとは察知したようで、言葉を呑みこんでいる。

「ご老体……まさか」

一木はあらためて光圀を見据えた。

「まさか、なんじゃ」

光圀はにやりと笑う。

「水戸の……水戸の御老公……」

つぶやくように、一木は答えた。

「そうでなければ、身代金の要求を水戸藩邸の彰考館にするものか」

光圀は指で真っ白な口髭を撫でた。

「まこと、御老公でいらっしゃいますか」

一木の背筋が、ぴんと伸びた。

一木の態度が豹変《ひょうへん》し、お絹も光圀がただ者ではないと悟ったようで、おどおどしはじめた。

「これ、このお方は水戸の御老公だぞ」

一木はお絹を叱責した。

「水戸の御老公って……もしかして、天下の副将軍さま……」

お絹もようやくわかったようだ。

「苦しゅうない。いかにもわしは副将軍、水戸中納言光圀である」

誇らしげに、光圀は呵々《かか》大笑した。

「爺さん……いや、お爺さま、本当に水戸の黄門さまなのかい」

お絹は口をあんぐりとさせた。

「なんじゃ、いまさら怖くなったのか」

光圀はお絹に微笑みかける。

「だって、副将軍さまをかどわかしたなんてお役人にばれたら、あたいは打ち首だよ」

自分の首に、お絹は手刀を添えた。

「そこのところは、うまくやればよかろう」

事もなげに光圀は言った。

「うまくって……」

お絹は一木に視線を預けた。

「しかし、御老公……」

一木も悩んでいる。

直参旗本の御隠居だと思ってかどわかした老人が水戸光圀とは、身代金が手に入る期待より、恐怖心と不安に包まれているようだ。

「そなたまで怖気《おじけ》づいたのか」

光圀は一木に語りかけた。

「正直、驚き入っております。しかし、御老公が町場に現れるなど、夢想だにしなかったこと。もし存じておれば、このような企てはいたしません」

言いわけめいた言葉を一木が語ると、

「あたいは知ってるよ。水戸の御老公さまはお忍びで江戸市中をまわり、遠国まで旅をして、悪い奴らを懲らしめるって。ということは、あたいたちも退治されるのかい」

お絹は肩をそびやかした。

「成敗するかどうかは、おまえたち次第じゃな」

光圀は思わせぶりな笑みを浮かべた。

五

夜更け、彰考館に投げ文があった。

安積格之進宛てである。助三郎とともに緊張の面持ちとなって受け取り、格之進は文を開いた。

一瞬のうちに、格之進の顔が蒼ざめた。それを見て、やはり光圀を誘拐した者からの文であろうと、助三郎は見当をつけた。

果たして、

「一万両を要求してきた」

格之進は文を、助三郎にも読ませた。

達筆な文字は、下手人の学識をうかがわせる。やくざ者、山賊ではなく、身分ある者かもしれない。

「下手人は御老公とわかったのですな。あるいは、わかっていてかどわかしたのか、その点は判然としませんが……」

助三郎の推論を、格之進は否定せず、

「しかし、一万両となるといくらなんでも、すぐにはそろえられぬ。むろん、御老公のお命には代えられぬゆえ、殿もご了承くださるであろうがな」

「いつまでにとは記されておりませぬ。追って報せる、とあります」

助三郎が言ったように、文には具体的な受け渡し場所、あるいは日時は明記されていない。

「追って報せるとは、いつでしょうな」

助三郎は天井を見あげた。

「その間、一万両を準備しておけ、ということであろう」

悔しそうに格之進は歯ぎしりした。

「下手人は狡猾そうですな」

助三郎の下手人評には答えず、

「殿にご報告しなければなるまい」

気が重そうに、格之進は立ちあがった。そこへ、またしても格之進宛ての投げ文が届いた。

「早いな」

格之進は首を傾げた。

助三郎も身構える。

もどかしそうに格之進は小さく折りたたまれた文を開くと、行灯《あんどん》に近づけてさっと目を通した。

「なんだと……」

格之進は驚きの声をあげた。

ただ、その声音は恐れではなく、素《す》っ頓狂《とんきょう》なものだった。

「いかがされましたか」

助三郎が身を乗りだすと、

「千両でいいと……千両で勘弁してやる。明日の七つ半に芝増上寺《しばぞうじょうじ》近くの一本杉に持ってこい。千両は、佐々野助三郎に持参させろ、佐々野以外の者が受け渡し場所周辺にいたら、御老公のお命はない……」

格之進は文を読みあげた。

「わたし、ですか」

「そうだ」

格之進は文を見せたが、確認するまでもなかった。

「わかりました。この身に代えても、御老公を無事にお連れいたします」

決意を示す助三郎であったが、そこでふと、投げ文を見返した。

「いかがした」

訝《いぶか》しむ格之進に、助三郎はふたつの文を取りあげ、

「筆遣いが違いますぞ」

と、格之進に示した。

格之進は文を受け取ると、目を凝らして見比べた。しばらく凝視したあとに、

「なるほど、異なるのう」

認めてから、いったいどういうことであろう、と疑問を投げ返した。

「一万両を要求する文をしたためた者と、千両で勘弁してやると寄越した者が、別人ということです」

助三郎の考えを受け、

「それはそうであろうが……ではなぜ下手人どもは、そんな面倒なことをしたのだろう」

格之進はかえって疑問を深めたようだ。

「四角殿、一万両のほうの文ですが、この筆遣いに見覚えはありませぬか」

助三郎が指摘すると、

「まさか、水戸家中の者が書いた、と？　ということは、水戸家の者が御老公を……おのれ！」

格之進は憤怒《ふんぬ》の形相となった。

ところが助三郎は表情をやわらかにし、

「もう一度、落ち着いてご覧なされ。短い文に加えて、草書体でかなり崩してありますので、ぱっと見には気がつきませぬが、この雄渾な筆遣いはまぎれもなく

「……」

ここで言葉を止め、格之進に問いかけた。

再度、格之進は文に視線を落とすと、

「……御老公か」

と、つぶやいてから助三郎に視線を向けた。

「御老公がお書きになったとみて間違いないでしょう」

助三郎の言葉にうなずき、

「御老公は下手人どもに脅されて書かされたのであろう……しかしそののち、下手人が千両の文を書いた……なぜであろうな」

やはり謎めいている、と格之進は不安を募らせた。

「御老公をかどわかしたことの証として、御老公に書かせた……ということではないでしょうか。最初、下手人は御老公の素性を知らずに誘拐した。そしてどこかの時点で、水戸光圀公であると気づいた。ふたつの文は、下手人の混乱ぶりを示しているものと思われます」

助三郎は推論した。

「そうだ、それに間違いない。だからこそ、下手人は千両に要求をさげたのだろう。一万両もの大金は水戸家には払えないと踏んだのか……いや、そんなことはあるまい。御三家の水戸家ならば、一万両くらい出せる、と考えるのがあたりまえ。もし、即座に用意できないと懸念したとしても、水戸家なら公儀から借りられると算段するのではないか」

おかしい、と格之進は不思議がった。

「いくら水戸家でも一度にそろえるとなると、それなりの時を要します。時がかかれば、御老公の監禁に要する労苦が多くなる。水戸家中によって、探しだされるかもしれない。水戸家ばかりか、公儀をあげての探索となる。江戸中、虱潰《しらみつぶ》しに探索の手が伸びる。それに、一万両もの大金を運びだすのも至難です。江戸中に、探索の目が光っておるのですからな」

「なるほど、千両なら明朝には用意でき、下手人は手っ取り早く手に入れ、江戸から逃げだせるというものだ」

疑問が氷解したようで、格之進は何度もうなずいた。

「ならば、助さん、頼むぞ」

格之進は、殿に報告をしてくる、と腰をあげた。水戸藩の藩主綱條《つなえだ》は、光圀の甥《おい》である。

「わたしも一緒にまいります。もとはと申せば、わたしが御老公から目を離したことがいけなかったのです」

助三郎は申し出た。

「責任は、御老公が無事にお戻りになってから取れ。助さんには、身代金の受け渡し、という大事な役目があるのだ。今日は休め」

格之進は助三郎を責めるどころか、気遣ってくれた。

「ですが、殿には直截《ちょくせつ》お詫び申しあげないことには……」

嫌な役目を引き受けてくれ、格之進に申しわけなかった。

「まあ、ここは任せてくれ」

なんだか、格之進が頼りになる兄のように思えてくる。

「かたじけない」

ここは、格之進の顔を立てることにした。

助三郎が部屋を辞してから、奥女中がお茶を運んできた。

「お信《しん》、またひと働きをしてもらわねばならない」

格之進は言った。

お信は十八歳、小柄で幼さが残る風貌だ。

少女の名残をとどめた顔が、ここで急に大人びた。

お信は、水戸徳川家に仕える忍び組であるカモメ組に所属している。しかもカモメ組のなかでも、敏腕なことこのうえない。蜃気楼《しんきろう》お信の通称を持つ。

優秀ゆえ、家中にあっても知る者は少ない。御家の大事の際に活躍を期待されているため、その存在は秘中の秘であった。

「じつは、御老公がかどわかされた」

格之進が打ち明けると、お信は瞬《まばた》きをしてから、格之進の言葉を待った。格之進は、これまでの経緯《いきさつ》を語った。お信は黙って聞く。

「ついては明日、佐々野が身代金、千両を持参する」

格之進は一拍置いてから、

「お信、その場にひそんで、下手人を探ってくれ」

と、頼んだ。

「承知しました」

お信は即座に承知した。

微笑を浮かべるその顔には、カモメ組きってのくノ一の自信が満ちていた。

対して、

「なにを置いても、御老公に無事にお戻りいただかねばならぬ」

格之進には、一身に責任を引き受けるかのような悲壮感があった。

お信もそのことはよくわかっているようで、無駄口はいっさい叩かない。

「いったい、下手人は何者であろうのう」

ぽつりと格之進はつぶやいた。

「おそらく最初は、御老公と知らずにかどわかしたのではないでしょうか」

お信の考えに、

「わしもそう思う。佐々野もそう考えておるようだ」

と答えてから、格之進はその理由をお信に確かめた。

「御老公に文を書かせたのは、間違いなく御老公の身柄を預かっていることを示したかったのでしょう。それから……」

お信は助三郎と同様の推論を展開した。

「さすがは、お信だ」

格之進はお信の聡明さに、感心と信頼を深めた。

「御老公と知った……下手人は驚いたであろうな」

格之進の見通しに、

「夢想だにしていなかったでしょう。かどわかしたことを悔いているのではないでしょうか」

お信も賛同した。

「ともかく、想像に過ぎぬ。そなたが、しかと確かめてくれ。むろん、御老公の御身が安全になったうえでな……身勝手を申してすまぬが」

「承知しました」

お信はお辞儀をした。

六

その半刻ほど前、文を書き終えた光圀が、一木に見せた。

「わしはここに、一万両を出せ、と書き記した。だが実際問題、一万両となると水戸家でも、早々には用意できないだろう。それに、一万両を持って逃げるのも大変じゃ」

光圀の言葉に、

「そりゃ、そうだよ、見あげるほどの大金なんだからさ」

お絹が応じた。

「おまえらの仲間は何人じゃ。ほかにもおるのだろう」

光圀の問いかけに、一木もお絹も口を閉ざした。

「かまわぬではないか。どうせ、面も割れたことじゃ」

光圀が話すようううながすと、

「我らのほかには、駕籠かきのふたりだけです」

一木が答えた。

「よし、四人となると……そうじゃな、千両が妥当《だとう》じゃろう。不満か、お絹」

光圀に問われ、

「十分ですよ」

お絹は顔を輝かせた。

「うむ、よかろう。千両ならば水戸家も明朝には用意できるし、捨ててもかまわぬと考えようからな」

光圀は指で、真っ白い口髭を撫でた。

一木も、千両でかまわない、と言った。

「ならば、おまえ、千両を要求する文を書け」

光圀が命ずると、

「かまいませぬが、一万両を求める文は御老公がお書きになったのに、千両は拙者とは、いかなる意図ですか」

一木は疑問を投げかけた。

「一万両を求める文をしたためたのは、水戸家の者どもが、わしの筆遣いに気づくのを期待してのことじゃ。気づけば、わしがおまえたちにかどわかされた明確な証《あかし》となろう」

光圀の答えに、

「なるほど、さすがは副将軍さまだ。賢いねえ」

一転して、お絹は光圀を褒めあげた。

一木は、

「ならば、千両を拙者に書かせるのは……」

と、納得できない様子に変わりはない。

「わしのことを悪戯好きと思っておる者がおるのじゃ。その者に、これが狂言だと勘繰らせぬよう、わし以外の者が書くのがよい」

この説明で、

「なるほど、得心がゆきました」

一木は一礼した。

「ならば、お絹。まずはわしがしたためた文を駕籠かきに渡し、小石川の水戸藩邸に投げこませろ。表門近くから投げ入れさせるのじゃぞ」

光圀は文を、お絹に渡した。

次いで、

「一木が書き終えたら、その文も、もうひとりの駕籠かきに持たせろよ」

と、光圀は念押しをした。

「なんだか、あたいたち、御老公さまに使われているようだね。ひょっとして、御老公さま、かどわかされたことを楽しんでいらっしゃるのかい」

お絹の問いかけに、光圀は満面の笑みを広げ、

「おおいに楽しんでおるとも。いまごろ彰考館の者ども、あわてふためいておるじゃろうて。とくに相棒の佐々野助三郎は、真っ青になっておるぞ」

両手をこすりあわせて喜んだ。

「佐々野助三郎って相棒は……御老公さまと同格なのかい」

お絹は小首を傾げた。

「お忍びでの外出の際には供となっておるが……まあ、相棒のようなものじゃ」

光圀が返すと、

「ああ、あのどんぐり眼のお侍かい」

思いだした、とお絹は言った。

「そう、どんぐり眼の、間抜け面の男じゃ。きっと、どんぐり眼を白黒させておるわ」

嬉しそうに、光圀は腹を抱えて笑った。

「人が悪い御老公さまだね」

お絹は光圀の書いた文を手に、部屋から出ていった。


夜明け前のこと。

助三郎は指定された芝、増上寺近くの一本杉までやってきた。

朝まだきの空を見あげながら、助三郎は下手人の接触を待った。千両は小判で用意し、風呂敷に包んで背中に縛っている。

周辺に水戸家の家臣はおらず、助三郎ひとりであった。霧が晴れてゆき、野鳥の囀《さえず》りが聞こえる。助三郎の胸に緊張が高まってゆく。

「さて、そろそろか」

落ち着かせるため、あえて口に出した。

納豆売りの声が聞こえてくる。江戸の朝は早い。助三郎は納豆売りから視線を逸《そ》らし、やりすごそうとした。

ところが、

「納豆、いらんかえ」

と、納豆売りは助三郎に声をかけてくる。

「いらないよ」

焦りが立ち、ついつい声が大きくなった。しかし、納豆売りは助三郎の前から立ち去ろうとしない。

「おい」

きつい目を助三郎がしたところで、

「納豆と言えば水戸だが、江戸の納豆も美味いぞ」

と、納豆売りは武家言葉を使った。手拭《てぬぐい》で頬被りした面相は無精髭が生え、左の頬に縦に刀傷が走っている。

助三郎は知る由もないが、浪人、一木主水である。

助三郎が見返すと、

「千両は持ってきたな」

一木は語りかけてきた。

助三郎は首を縦に振った。

「ここに入れろ」

と、天秤棒《てんびんぼう》で担いだ笊《ざる》を示す。

「御老公はどこだ」

助三郎は問いかけた。

「安心しろ。ご無事だ」

「どこにおられるのだ」

ふたたび、助三郎は強い口調で繰り返す。

「千両を渡せば、無事に返す」

負けずに、一木は言い返した。

藩邸を出る際に、助三郎は格之進から釘を刺されていた。

無理に光圀の所在を聞きだす必要はない。光圀の身の安全が最優先だ……と。

助三郎は背中の風呂敷包みを解き、中を見せようとした。

しかし、

「よい、そのまま入れよ。信用する」

一木は笊に視線を落とした。

もしも嘘だったら光圀は返さない、ということだろう。

「わかった」

風呂敷包みを、笊の中に入れた。

「たしかに」

一木はくるりと背中を向けた。

「御老公はかならず返すのだぞ」

助三郎は釘を刺した。

「おれも信じたのだ、おまえも信用しろ」

一木は、そのまま歩き去った。

その後ろ姿を見ているうちに、

「やっぱり、捨てておけぬ」

助三郎は追いかけはじめた。

朝日が差し、いつからか蟬が鳴いている。今日も暑くなりそうだった。

七

――気づかれてはならない。

そのことを念頭に、助三郎は納豆売りのあとをつける。

それにしても、格之進は家臣を配置しなかったのだろうか。水戸家にとっては、光圀の身の安全がなにより大切ということなのだろう。

それもわかるが、どうしても目の前の悪事を見逃せない。

助三郎は慎重に尾行《びこう》を続けた。


お信は長屋の女房のふりをして、一木を呼んだ。芝宇田川町《うだがわちょう》の往来である。

「ちょいと、納豆、頂戴な」

一木は立ち止まり、一瞬の戸惑いのあと、

「悪いね、売りきれたんだ」

と、返事をするなり、大あわてで去ろうとする。

「なんだい、笊の中に、いっぱいあるじゃないか」

だが、お信は文句を言いながら追いかけた。

「売り先は決まっているんだ」

走りながらも、一木は言いわけをした。

「ひとつくらい、いいじゃないのさ」

追いすがりつつ、お信は食いさがる。

「そんなに欲しいのなら、いくらでもほかの納豆売りがいるだろう」

一木は怒鳴った。

走り続け、おまけに慣れない天秤棒を担いでいるとあって、息があがる。

左手に日陰町《ひかげちょう》の町屋が連なり、右手の仙台藩伊達《だて》家《け》の上屋敷が、往来に巨大な影を落としている。

「あんた、水戸納豆を売っているんじゃないのかい」

お信は大声を出した。

「水戸納豆なんぞ、売っていない」

めんどくさい女だと、一木は振りきろうとしたが、女はよほど水戸納豆が好きなのか、おまけに健脚なのか、どこまでもついてくる。

「嘘だね。さっき聞こえたよ、水戸納豆がどうのこうのって、あんた、お侍に言ってたじゃないか」

——この女、おれと佐々野のやりとりを漏れ聞いて、勘違いしやがったのか。しかたがない。適当にあしらって追い払うか。息もあがってきたところだ。お堀に架かった芝口橋《しばぐちばし》の手前である。

「しょうがないな」

一木は足を止め、天秤棒を肩から外した。

「やっぱり、水戸納豆を売っていたじゃないか」

文句を言いながら、お信は地べたに置かれた笊をのぞきこむ。

「見ろ、水戸納豆なんぞない。あるのは江戸の、そこかしこにある納豆だ」

一木は言った。

それでも諦めが悪いらしく、いつまでも立ち去ろうとしない。業を煮やし、

「ただでいい。好きなだけ持っていけ」

一木は言った。

するとお信は顔をあげ、

「この風呂敷包の中にあるんじゃないのかい。きっと、高い値で買ってくれるお得意のところに持っていくんだろう」

と、妙なところを勘繰ってきた。

「冗談ではない。この中に水戸納豆など入ってはおらぬ」

頭に血をのぼらせ、一木は否定した。

「おやおや、むきになって否定しているところを見ると、ますます怪しいね。それにさ、納豆売りのくせして、お侍みたいな言葉を使ってさ」

お信は疑り深そうに、目を大きく開けた。幼さが残る顔が大人びて見えた。

「いいかげんにしろ」

一木は天秤棒に肩を入れ、担ぎあげた。

すると、

「待ってよ。売っておくれな」

お信が風呂敷包みに手を伸ばす。

「無礼者！」

思わず侍に戻り、怒鳴りつけていた。

「ご、ごめんなさい」

びっくり仰天の顔つきで、お信は棒立ちとなった。

用心に用心を重ねて、助三郎は男を尾行した。

日本橋の方向に向かっている。光圀がかどわかされたのは、神田明神下の盛り場であった。下手人の隠れ家は、神田界隈ということか。

そろそろ日輪がのぼるとあって、往来には人が出はじめていた。とはいえ、武士はいない。

行き来するのは棒手振りや物売り、行商人といった者たちで、商家の店先を小僧が掃除をするのが見受けられるばかりだ。

間合いを詰めれば、いやでも気づかれるだろう。助三郎があとをつけていると知れば、奴は監禁場所に足を向けないどころか、助三郎をなじり、追い払ったうえで最悪の場合、光圀を殺《あや》めるかもしれない。

最悪の事態となれば、自分が切腹するだけでは済むまい。安積格之進も腹を切ることとなるのは必定だ。

そして水戸家も幕閣から責められ、彰考館は閉じられるかもしれない。

そんな考えがよぎると、見つからないよう用心するあまり、歩みはますます鈍ってくる。

それでも見失わないよう、男の背中がかろうじて見えるまでの間合いを保っていた。

だが、間が悪いことに、助三郎の前を荷車が横切った。

「おおっと」

危うく轢《ひ》かれそうになり、助三郎は立ち止まった。土埃《つちぼこり》が舞い、助三郎は目をそむける。

と、前方を見たが、男の背中はない。

「しまった」

毒づいてから歩を速める。

だが、すぐに用心しておのれの焦りを諌めた。

素知らぬ顔であわてず騒がず、そして急がず、助三郎は歩き続けた。

すると、芝口橋の袂《たもと》で、納豆売りが女とやりとりをしているさまが見えた。

遠目にも、揉めているのがわかる。

女は背中を向けていて面相はわからないが、この界隈の女房なのだろう。笊を
のぞき見ていることからして、納豆をめぐっての諍《いさか》いのようだ。

奴は、偽《にせ》の納豆売りだ。女が納豆についてあれこれと問いただしてくるので、要領よく答えられないのではないか。

ついには、

「無礼者！」

と、男は甲走《かんばし》った声を発した。

驚いた女は立ち尽くした。

周囲の者たちも、納豆売りの物言いに好奇の目を向けた。

「いや、すまぬ。まことに水戸納豆などないのだ」

一木はお信に詫び、ふたたび天秤棒を担ぎあげた。

お信は恨めしそうに一木を見返していたが、

「わあ〜怖いよお〜」

と、両手で顔を覆い、泣き真似をしながら走り去った。

周囲の目が、責めるように一木を見る。一木は頬被りの手拭を深くし、うつむき加減になって歩きだした。

女との揉め事で、一木に周囲を気にする余裕はなくなった。視線を落としたまま、ひたすら歩き続ける。

「納豆、おくれよ」

「おい、納豆だ」

などという声も耳に入らない様子で、目的地へと急いでいる。

助三郎にとってみれば、幸運としか言いようがない。

一方、商家の軒先で、お信は一木を尾行する助三郎のあとを追った。

八

「おい、ここは神田明神の裏手ではないか」

雑草が生い茂る庭におりたった光圀は、朝日に輝く神田明神の社殿を仰ぎ見た。

「そうですよ。驚きなさいましたか」

お絹はぺろっと舌を出した。

「いやいや、愉快じゃ。よくぞ、この光圀の目を眩《くら》ませたのう。お絹、褒めてやるぞ」

　言葉どおり、光圀は楽しそうに笑った。

「こりゃ、嬉しいね。天下の副将軍さまからお褒めいただいたよ」

「よし、わしを欺《あざむ》いた功により、一木主水が千両を持ち帰るまで、ここにとどまってやるぞ。ありがたいと思え」

　恩着せがましく、光圀は言った。

「ありがとうございます」

　素直にお絹は頭をさげた。

　もはや誘拐などという陰湿な事件というより、芝居か遊戯のようだ。光圀もお絹も、殺伐とした雰囲気とはほど遠い。

　が、ふとお絹は不安に襲われたようで、

「あたいたち、お縄になるんだろうね。だって、御老公さまをかどわかして水戸さまから千両を奪い取るんだもの。水戸さまばかりじゃないよ。町奉行所にも追われるさ。捕まったらさ、あたいたち死罪だよね。打ち首かな。ねえ、御老公さま、首を刎《は》ねられちゃうのかね」

　と、すがるような目を光圀に向けた。

「打ち首では済まぬぞ。火《ひ》炙《あぶ》りか磔《はりつけ》じゃろう」

さらりと光圀は言ってのけた。

「火炙り……磔……そんなあ……ひどいよお」

お絹は激しく動揺した。

「火炙りも磔も苦しいぞ。磔なんぞ、鑓《やり》で何度も突かれるのじゃ。わざと急所を外して、罪人が苦しむさまを見せしめにするのじゃぞ」

嬉しそうに、光圀は言ってのけた。

「お許しください。千両はいりません」

お絹は土下座をした。

そこへ、

「戻ったぞ」

喜色満面で一木が入ってきた。

笊を地べたにおろした一木は、光圀に向かって土下座をしているお絹を不思議そうに見た。お絹は立ちあがり、

「一木の旦那、あたいたち、火炙りか磔になっちまうよ」

と、涙声で語りかけた。

「おいおい、なんだ、藪《やぶ》から棒に……ほれ、見ろ。千両だ」

一木は笊から、風呂敷包みを両手で持った。

「弥吉《やきち》と権太《ごんた》は……」

屋敷内を一木は見まわす。

「駕籠かきの商いに出かけているよ」

お絹は答えてから、

「千両、御老公さまに返そうよ。そうすれば、死罪は免《まぬが》れるよ」

一木に訴えかけた。

「いまさら、そんなことができるか」

一木はむっとして断った。

「返したほうがいいよ。命あってのものだねだよ」

それでも、お絹は必死だ。

「捕まらなければよい。そうだ、さっそくここから逃げよう。御老公には、ご自分で帰っていただく。御老公が水戸藩邸に戻るまでの間に、うまく逃げおおせればよいのだ」

宥《なだ》めるようにして一木は説得にあたったが、お絹はなおも抗った。

「弥吉さんと権太さんは、どうするんだい」

「あいつらが駕籠かきをしているあたりに行き、一緒に逃げる」

「見つからなかったどうするのよ」

「そのときは、そのときだ。まずは、ここから出るぞ」

一木はくるりと背中を向けた。

すかさずお絹は駆け寄り、一木の手から風呂敷包みを奪い取った。

「なにをする」

甲走った声で、一木はお絹を責めたてた。

お絹は光圀に、風呂敷包みを差しだした。光圀はそれを受け取る。

「おのれ」

一木が光圀に迫る。

お絹がふたりの間に入った。

「どけ！」

怒鳴りつけるや一木は腰に手をやったが、納豆売りに扮しているため、大小を差していない。

舌打ちすると、一木は天秤棒を武器にしようとかがんだ。

そこへ、

「それまでだ」

という張りのある声が響き渡った。

助三郎は、納豆売りが神田明神裏手にある廃屋敷に入ってゆくのを見た。ここに光圀が監禁されているに違いない。

屋根瓦がはがれた長屋門に忍び寄り、屋敷の中をうかがう。

母屋の縁側に光圀が腰かけ、納豆売りと向かいあっている。光圀と男の間には、見知らぬ女が立っていた。

迷うことはない。

助三郎は光圀を助けだすため、抜刀するや屋敷の中に躍りこんだ。

「それまでだ」

声をかけると、かがみこんだまま納豆売りは振り返った。

「きさま……よくもつけてきたな」

恨み言を吐き、男は天秤棒を手に腰をあげた。

「観念せよ！」

助三郎は大刀を横に一閃《いっせん》させた。

頼みの天秤棒が、早くもまっぷたつに切断され、男は顔を歪めた。

「御老公、ご無事ですか」

助三郎は光圀の前に立った。

「無事かどうか、見ればわかるじゃろう」

嫌味がましい物言いを聞き、助三郎は光圀が元気だとわかって、思わずほっとした。

「おまえら、藩邸まで引ったてるぞ」

助三郎は刃の切っ先を、一木とお絹に向けた。一木は横を向いているが、

「堪忍してください。火炙りも磔もいやですよう」

お絹は声をからして、許しを請《こ》うた。

「火炙りか磔かは知らぬが、藩邸で吟味されよう」

戸惑い気味に助三郎は返した。

するとそこで、光圀が腰をあげ、

「助さん、洒落《しゃれ》がわからぬのう」

と、笑いかけた。

「はあ……」

戸惑いの目で、助三郎は光圀を見返した。

「これはのう……狂言、芝居、遊戯じゃ。ほれ、このとおり、千両はわしに返されたぞ」

光圀は風呂敷包みを、助三郎に押しつけた。それを受け取り、

「かどわかしは芝居……いや狂言……ではなくて遊戯……どれですか」

と、助三郎は混乱しながら問い返した。

「どれでもよいのじゃ。わしがこの者たちと仕組んで、助さんや安積をからかってやったのじゃよ」

光圀は呵々大笑した。

「まことか」

半信半疑となって、助三郎はお絹をただした。お絹が答える前に、

「ほれ、礼金じゃ。みなで分けろ」

光圀は風呂敷包みから百両を取りだし、お絹に与えた。

「……御老公さま……」

お絹は両手で押しいただくように受け取ると、両手をついてすすり泣いた。一木も地べたで平伏した。

「楽しかったぞ。遊びのあとは仕事じゃ。おまえたち、まっとうに暮らせよ」

光圀は悠然と歩きだした。

合点がゆかない助三郎だったが、ともあれ光圀が無事に帰還できることでよしとした。


長屋門の脇で、お信は一部始終を見届けた。

忍びの秘術を駆使する機会がなかったのは残念だったが、助三郎同様、光圀の生還をもって任務完了と受け止めた。


誘拐事件は、光圀の自作自演ということで落着した。

光圀自身は、助三郎や格之進をまんまと欺いてやった、と得意げであったが、藩主綱條からこんこんと意見をされ、さすがに反省したようである。

当分はお忍びでの民情視察……いや、市中徘徊《はいかい》を慎む、と助三郎と格之進に約束をした。彰考館にあって、「大日本史」編纂に集中する、と宣言した。

が、いつまでおとなしくしているのか疑わしい。
早々にお供を仰せつかるのではないか、と助三郎は見通している。
それは心配の種であり、楽しみでもあった。
なにしろ、助三郎と光圀は相棒同士……助三郎の相棒は、副将軍なのだ。

第二話　密約の競売

一

文月の二十日、佐々野助三郎は安積格之進から呼びだしを受けた。

残暑は厳しかったが、この二、三日は秋の訪れを感ずるようになった。昼間は鱗雲《うろこぐも》が広がり、夜は虫の鳴き声がかまびすしい。

助三郎に特別の役目を要請する際、格之進は浅草寺《せんそうじ》裏手に広がる盛り場、奥山《おくやま》の茶店を指定する。彰考館では四角四面の堅物で通っている格之進が、愛人のお凜《りん》に営ませている店だった。

茶店の裏庭は緑が初秋の空に映え、さわやかな風に枝葉が揺れている。

庭の一角に一軒家が建っており、藁葺《わらぶき》屋根の百姓家風のこの家が、密会場所であった。

助三郎は黒地無紋の小袖に袴、羽織は重ねず、という略装で家に入った。

座敷には火鉢が用意してある。助三郎は必要としないが、格之進のためなのだろう。ひとり座って待っていると、お凜が汁粉を運んできた。

「佐々野さま、甘い物はお好きではないかもしれませんが、気が向いたら召しあがってください」

「お気遣いかたじけないです。ぜひとも賞味いたします」

助三郎は相好《そうごう》を崩した。

「旦那さまは、少々遅くなるそうです。お待ちになってないで、召しあがってください。冷めてしまってはおいしくないですから」

たしかに、せっかくの汁粉が冷めては興ざめだ。格之進は遅れると言ってきたのだし、食べてもかまわないだろう。

「では、遠慮なく」

椀の蓋《ふた》を取った。

真っ黒な小豆《あずき》に、真っ白な餅《もち》が浮かんでいる。餅には焦《こ》げ目がついていた。

口の中が幸せな甘味で覆い尽くされ、どんぐり眼がくりくりと動き、真っ赤な唇がせわしく動いた。

餅もこんがりと焼かれ、小豆と絶妙に絡まり、歯応えもよい。

食べはじめると止まらない。一度も顔をあげることなく食べ終え、脇に添えてあった濃い目の茶を飲んだ。

「お代わり、いかがです」

お凜は嬉しそうに声をかけてくる。

「いただきます」

即答した。

二杯目を食べ終えたところで、縁側が慌《あわただ》しくなった。

「それがしにも汁粉を頼む」

格之進の声が聞こえた。ひとりではなく連れがいるらしい。背筋を正して待っていると、障子が勢いよく開き、

「すまぬ、遅くなった」

格之進の四角四面の顔が現れた。

背後には娘がいる。娘はうつむき加減に縁側で控えようとしたが、

「かまわん、入れ」

格之進にうながされ、面《おもて》をあげた。

「たしか……」

見覚えがある娘だ。

彰考館に奉公する女中のはずだが……。

「お信だ」

格之進に教えられ、そうだった、と思いだしたものの、どうして密会の場に連れてきたのかという疑問にとらわれた。今日の格之進は、裃に威儀を正したいつもの姿ではなく、助三郎と同様に羽織、袴の略装だ。

お信は十八歳、勝山髷《かつやままげ》に結った髪は濡羽色《ぬればいろ》に艶めき、珠簪《たまかんざし》の紅が映えている。黄八丈《きはちじょう》の小袖に身を包み、小柄で幼さが残る容貌だ。

助三郎は知る由もないが、お信は水戸徳川家に仕える忍びのカモメ組に所属している。カモメ組のなかでも敏腕、蜃気楼お信と通称されるくノ一であった。

優秀ゆえ、家中にあっても知る者は少ない。御家の大事の際に活躍を期待されているため、その存在は秘中の秘であった。

お信は口元に笑みを浮かべ、助三郎の隣に座った。軽く助三郎に向かって会釈をしてくる。助三郎も目礼を返した。

「助さん、なにを戸惑っておる。お信のことは知っているだろう」

格之進は快活に語りかけた。

「ええ、存じておりますよ。ですが、なぜ四角殿がお信殿を同道なさったのですか……浅草観音に参詣ですか。ああ、まさか、四角殿の……」

助三郎は言葉を止め、格之進とお信の顔を交互に見た。

格之進は苦笑を浮かべ、

「おいおい、下衆《げす》の勘繰りはよせ。わしとお信は、そんな仲ではない」

「これは、失礼いたしました」

助三郎が一礼したところで、お凛が汁粉を運んできた。

「美味かったか」

格之進は助三郎に視線を向けた。

「とてもおいしゅうございました」

「そうであろう。お凛が腕によりをかけたのだからな」

格之進はお信にも汁粉を勧め、美味そうに啜った。もう一杯食べるかと問われたが、さすがに三杯は胸焼けがする。丁重に断ると、格之進とお信は汁粉を食べ続けた。

座敷のなかに、ふたりが汁粉を食べる音が小さく響いた。

なんとも滑稽な様子だ。横目にお信の乙に澄ました表情が見て取れる。ふたりが食べ終えたところで、格之進が切りだした。

「助さんとお信、夫婦《めおと》になれ」

突然のことで、さすがの助三郎も言葉が発せられない。お信は恥じらうように目元を赤らめ、

「ふつつか者ですが、よろしくお願い申しあげます」

と、三つ指をついた。

「いや、それは、その……わたしは未熟者で、所帯を持つなど」

しどろもどろとなった助三郎に、

「助さん、お信では不服か」

と、問いかけた。

「いや、そんな……不服どころか、勿体ないですよ」

どんぐり眼をくりくり動かし、真っ赤な唇を大きく開いて助三郎は返した。

あまりにも急すぎる。格之進がここに呼んだのは、お信と見合いをさせるつもりであったのだろうか。

戸惑う助三郎をよそに、格之進はけたけたと笑いだし、お信も悪戯っぽく微笑

む。

「馬鹿め、本気にしおって」

格之進は膝を叩いて笑った。

冗談とわかりほっとしたが、さすがにむっとした。

「四角殿、冗談が過ぎますぞ」

抗議しながらも、彰考館では堅物で通っている格之進の意外な面を見た気がした。それにしても、自分とお信を引きあわせた目的が気にかかる。

笑顔を引っこめ、格之進は続けた。

「いや、まんざら冗談でもないのじゃ」

助三郎は視線を、お信に向ける。

相変わらずお信は、澄ました顔で座っている。

「役目上、ふたりに夫婦になってもらう」

「…………」

「安心しろ。役目の間、形だけの夫婦だ」

格之進は表情を落ち着かせた。お信と夫婦となって事にあたるなど、いったいどのような役目なのだろう。

「助さんは素性を偽る必要はない。水戸家家臣、彰考館の館員でよい。ただ、お信を妻にしてくれ」

「承知しました。では、お役目を……あ、そうそう。今回の役目、御老公はご承知なのですな」

助三郎が確かめると、格之進は首肯《しゅこう》して、

「御老公が不承知であれば、助さんに頼まぬ」

助三郎が役目に従事するということは、その間、光圀はお忍びの外出ができない。それを承知ということは、役目の重要さがうかがえる。

それとも、先日の狂言誘拐のあと、外出は控えると誓った言葉を守っているのだろうか……いや、光圀にかぎってそれはないな、と助三郎は思い直した。

格之進は一拍置いて語りだした。

「このたび、畏れ多くも上皇さまから公方《くぼう》さまに、禁裏《きんり》出入りの商人・山城屋《やましろや》雁次郎《がんじろう》が江戸に下向《げこう》するからよしなに、という書状があった」

上皇とは先頃、天皇位を退任した霊元《れいげん》上皇である。

「よしなに……とはいかなることでございますか」

なにか不穏なものを感ずる。

「公方さま宛の書状には、具体的なことは書かれていなかったそうだ。が後日、御老公に院の女官《にょかん》から文が届いた」

霊元上皇に仕える女官の文には、

――山城屋雁次郎が、江戸において上皇所有の宝物を開陳し、売りに出すらしい。ついては、その場に出席したうえ、良い値で競り落としてほしい。

という旨が綴られていた。

「どういうことですか。上皇さまが売りに出された品を、わざわざ競りに参加して、高額で買い取れというわけでしょうか」

「ふむ、まあ簡単に言えばそうだな。形にしてみれば賄賂《わいろ》に近いが、一概にそうとばかりも言いきれぬ。競りに出される品は、間違いなく一級の珍品だろう。買い取ったこちらが、まるきり損をするわけでもない。とんでもない高級品の押し売り、とでも言うべきか」

「はあ、なにゆえ、そのような面倒なことを……」

「上皇さまにかぎらぬがな、公家のやんごとなき方々は、表立って金子にこだわっているようには見せられぬのさ。競りの場には当家のほかに、紀州徳川家、薩摩《さつま》島津家《しまづけ》が呼ばれておる。それぞれの家から、ある程度のまとまった金子を受け取る腹づもりなのであろう」

「商人が御三家や薩摩家に声をかけ、競りを主催するなど、これまでにないことでございますね」

助三郎が訝しむと、

「いかにも」

格之進は憂鬱な顔で首肯した。

「よく御公儀が許されましたな。上皇さまのお声がかりだからですか」

「上皇さまは……こう申してはなんだが、大変に掛け引きがお得意であられる。いや、お好きと申したほうがよいか」

格之進は顔をしかめた。お信は表情を消している。

「禁裏と公儀の間で、なにか交渉事があるのですか」

格之進は声をひそめ、

「おまえたちは他言せぬゆえ申すが、公方さまは禁裏に対し、ご生母の桂昌院《けいしょういん》さまに従二位《じゅにい》がくだされるよう望んでおられる」

「ほう、従二位ですか」

「そうじゃ。なかなかくだされる位階ではないぞ」

「存じております。公家の女性ならばともかく、武家となりますと、二位の尼と通称された平清盛の妻、時子くらいではありませぬか」

「よく知っておるな」

意外な顔で、格之進は感心した。

「これでも、大日本史編纂をおこなう彰考館の一員ですからな」

ははは、と助三郎は笑った。

桂昌院は十年前の貞享《じょうきょう》元年（一六八四）、従三位を朝廷より賜《たまわ》っていた。従二位に昇任する前に正三位《しょうさんみ》の位階があるが、母親孝行の綱吉《つなよし》は一気に従二位、つまり、武家の女性が得た最高位を桂昌院に賜りたいのである。

「公方さまから頼まれ、御老公も院の御所に交渉なさっておられる」

「上皇さまは、色良い返事をなさらないのですか」

「都風と申すのかの。すべてに、のらりくらりのようだ」

格之進は身体をくねくねとさせた。その姿は滑稽であったが、格之進の気持ちを考えれば笑うわけにはいかない。

「上皇さまはこちらの足元を見て、今回の件を仕組まれた。珍しい品々を、高額で買い取れということじゃ。山城屋は女物もあるゆえ、各々の家のしかるべき役人に、夫婦で出席してほしいと申してまいった」

「それで、お信殿と夫婦となるのでございますね。さぞや大金を要するのでございましょうな」

「そうじゃな。しかも、出席を求めてきた家を見よ。じつに巧妙じゃ」

格之進は目を光らせた。

二

なおも格之進は続ける。

薩摩藩島津家が、清国《しんこく》との交易が盛んな琉球《りゅうきゅう》を支配下に治め、抜け荷をおこなっているのは公然の秘密である。抜け荷で莫大な利益を手にしているとも噂されている。

そこに、御三家の水戸家と紀州家を参加させれば、競争意識が高まり、競りによる売りあげは大きなものとなろう。

「山城屋……というか上皇さまは、どんな品を売ろうというのでしょう。いずれにしろ、とてつもない買い物になりそうですね」

「じつのところ、上皇さまのための買い物のほかに、ひとつ問題があってな」

格之進の顔色が悪くなった。

「問題ですか……」

「ああ、宝物の高額買い取りであれば、向こうの言い値を払ってもよい。しょせん、金で済む問題だからな。だが、競りに出されるもののなかに、見過ごせぬ品がありそうなのじゃ」

「と、おっしゃいますと」

「それがな……」

格之進は躊躇《ためら》いがちに息を吐いてから、

「密約書じゃ。表沙汰になってはならぬ密約書……三代将軍を家光公ではなく、駿河《するが》大納言・忠長《ただなが》公に宣下されるよう要望をした、二代秀忠《ひでただ》公の書状。そこには、忠長公を将軍に任官させてくれれば、禁裏と公家衆に十万石を与えることを約束する、という密約が書き記されていた……」

と、いったんここで言葉を止めた。

駿河大納言とは、二代将軍・徳川秀忠の三男で、聡明の誉れ高く、兄の家光に代わって三代将軍に推されたこともあった。そのため、家光との確執《かくしつ》が生じ、謀反の疑いをかけられて寛永《かんえい》十年（一六三三）自刃《じじん》に追いこまれた。

助三郎は言葉を差しはさまず、話の続きを待つ。格之進は口を開いた。

「そんな密約書が、島津家の手に落ちれば大きな災いとなる。以前から薩摩には、琉球を通じた清国との交易を、公儀に正式に認めてもらいたい、という思惑がある。それを許せば、わが家中も、と海外交易を望む藩があとを絶たないだろう。さすれば、清国ばかりか西洋の文物……そしてバテレン教が入ってくるやもしれぬ」

格之進ばかりか、光圀も憂慮《ゆうりよ》しているという。

「密約書の話が本当であれば、こたびの競りに尾張家《おわりけ》が呼ばれてないことにも納得がいく。公方さまはもちろんだが、尾張家にとってみれば決して世に出してはならぬもの。家ごとあらぬ疑いをかけられかねん。そのようなものが目の前にぶらさげられれば、尾張家の者はなにをするかわからない。その場で刃傷沙汰もありえよう」

「なるほど、尾張家中の人には刺激が強すぎるのですね。その点、他の御三家や薩摩であれば、まずは金で解決しようと思うでしょう」

「だから助さん、金に糸目はつけん。もし密約書が競りに出たのであれば、なんとしても手に入れよ。とはいえ、万が一、薩摩の手に落ちるようなことがあれば、こちらも綺麗事は言ってられぬ。力ずくでも奪ってまいるのだ」

一気にまくしたてるように語り終えると、格之進はかたわらの茶を飲んだ。思いもかけない重要な役目だ。あの光圀が、助三郎の単独行動を承知したはずである。

「わかりました」

助三郎は声を励まし、お信は目に力をこめた。

「では、山城屋の準備が調い次第、連絡いたす。そのとき、こちらが買い取るべき品の指示書も送ろう」

四角い顔をよりいっそう角張らせ、格之進は告げた。

「あの……」

ちらっと助三郎はお信を見た。

なぜ、お信が選ばれたのだろう。聡明ということか。これまでろくに口をきいたことがないため、お信の人となりがわからない。

迷う風の格之進であったが、

「いいだろう。このことも他言無用だ。念のため、御老公にも内聞に頼むぞ」

と、きつい口調で前置きをした。

思わず、助三郎は身構えた。

「お信はな、水戸家に仕える忍び、カモメ組に属する女忍びなのだ」

格之進に打ち明けられ、

「ええっ……では、くノ一ですか」

助三郎は口を半開きにし、あらためてお信をまじまじと見つめた。

何事もなかったように、お信は微笑みを返す。

この娘が忍びとは……。

しかも、このような重要な役目を任されるということは、相当に腕が立つのだろう。人は見かけによらないというが……現実の忍びこそ、このようなごく普通の娘なのかもしれない。

「ならば、日取りと場所は追って伝える」

格之進は座敷から出ていった。

「ふ～」

思わず助三郎の口から、ため息が漏れた。

「いかがされたのです」

お信は助三郎に向き直った。

「難しいお役目と思ったところです」

「それは、わたしと夫婦になるからでございますか」

お信は悪戯っぽい笑みを投げてきた。

「いや、そういうわけではありませぬよ。お役目そのもののことを申しておるのです。密約書は力ずくでも奪い取るとして、競りに出される宝物など、わたしには値打ちがさっぱりわかりません。青磁《せいじ》の壺だの書画だの……指示はされても、万が一、値打ちのない物に高い値をつけてしまったらと思うと、いささか不安ですな」

助三郎は肩をすくめた。

お信は三つ指をつき、

「頼りにしていますわ。旦那さま」

「こちらこそよろしく」

なんとも複雑な気持ちで挨拶を送る。

「ならば、夫婦固めの杯でも交わしましょうか」

「いや、それは」

さすがに躊躇われた。

「まあ、そんな怖い顔をなすってはいやですわ」

お信は余裕たっぷりの笑みを浮かべている。ふと、今回はこの娘に振りまわされるのではないか、という悪い予感がした。

「ともかく、なんとしても格之進さまのご期待に応《こた》えなければなりません」

言葉に力をこめたお信に、助三郎も深くうなずき、

「もちろんです」

「助三郎さま、このお役目の間は、心ひとつに尽くしましょう」

「わたしもそのつもりです」

「では、これにて」

お信は腰をあげ、縁側に出た。

「緑がきれい。助三郎さま、都の緑をご覧になったことはございますか」

「いや、都には行ったこともない。お信殿は行かれたか」

「一度だけですけど」

きっと、カモメ組の役目であろう。助三郎は遠い日となり、

「一度でもいいから、行ってみたいものですな」

「御老公のお供ですか」

「いや、それは勘弁願いたい」

あわてて強く手を左右に振ってから、失言だったか、と口を閉ざした。

幸いにも、お信はなにも気にせず足早に立ち去った。

入れ替わるようにして、お凜が入ってきた。

「いまの方、旦那さまと、どういうかかわりがあるのですか」

きつい目をしている。

「勘ぐるような間柄ではないですよ。彰考館に仕える奉公人です」

どうして自分が、格之進をかばわなければならないのだ。いっそ嘘でも吹きこんでやるか……助三郎は内心で毒づいた。

「奉公人……」

お凜は小首を傾げたが、それ以上深くは聞こうとはせず、

「これ、どうぞ」

と、御手洗団子《みたらしだんご》の包みを持たせてくれた。

三

小石川にある上屋敷内にかまえられた彰考館に戻ると、光圀が庭で木刀の素振りをおこなっていた。片肌脱ぎになった右の肩が見える。

とても隠居しているようには見えない。髪は真っ白だが、あたかもひとりの武芸者のようである。

「ただいま戻りました」

助三郎が挨拶を送ると、光圀は素振りの手を止め、ふむ、とうなずいた。

格之進から聞いた役目について話そうかとも思ったが、光圀は武芸の稽古に熱中している。

一礼してから通りすぎようとしたが、

「待て」

光圀は木刀を置いた。懐中から手巾を取って、額や首筋を拭《ぬぐ》う。さては、役目について指図があるのかと片膝をついて、光圀の言葉を待った。

「懐からのぞいておる物を見せよ」

意外なことを光圀は命じた。

「これでござりますか」

お凜が持たせてくれた御手洗団子である。竹の皮に包んである。

「御手洗団子です」

助三郎は、竹の皮包みを差しだした。

「御手洗か」

光圀の頰がゆるんだ。

「お召しあがりになりますか」

「そうじゃな」

そのまま助三郎は去ろうとしたが、光圀に誘われ、稽古所の建屋に入った。

光圀が女中に茶を運ばせ、しばしふたりは無言のうちに御手洗団子を頰張る。

やはり、役目のことが思いだされた。

「御老公、山城屋が競りに出すという密約書について、お聞かせください」

光圀の口が止まり、目がぎろりとなった。まずいことを聞いたかと思ったが、
光圀は語ってくれた。

「二代秀忠公が、後水尾《ごみずのお》上皇と交わした密約とされておるのう。秀忠公も、御台《みだい》

所《どころ》のお江《ごう》の方も、家光公より忠長公をかわいがっておられ、それゆえ将軍を継がせたかった、というのは公然の秘密。後水尾上皇との間に、そんな約定を交わしたとしても、おかしくはないがのう」

後水尾天皇は、秀忠とお江の方の娘、和子を中宮とした。それほどのつながりがあれば、将軍後継者をめぐって密約書を送ることは十分にありえたという。

「もし上皇さまが本物の密約書をお持ちであれば、各藩に値をつりあげさせようとお考えになっても、おかしくはない。そういった駆け引きをなにより好むお方だからのう。じゃが……」

「なんですか」

「果たして、それだけで済むかのう。もうひとひねり、意地の悪い趣向を凝らしてきそうな気もするのう」

しきりと真っ白な口髭を指で撫でつつ、光圀は話を締めくくった。

団子を食べ終えて、光圀は腰をあげた。

将軍家内のよけいな話まで聞いてしまったか、と助三郎が若干後悔していると、光圀は立ったまま、

「若かりしころ、都にのぼった。その際、洛中で斬りあいがあった。ひとりが三人を相手にしたが、勝ったのはひとりのほうで、その男が薩摩者であった。薩摩には、示現流《じげんりゅう》という恐るべき剣がある。薩摩藩、門外不出の剣法で、初太刀に全力をこめる」

光圀はここで、木刀を手にした。次に右足を前に大きく出し、腰を落とした。天井を貫くように、肘を曲げないで右肩前方に木刀を垂直に立てる。

「ちぇすと！」

腹の底から、地響きのような気合いが発せられた。と直後、木刀は振りおろされた。空気が切り裂かれ、周囲が凍りつくような凄まじい一撃だ。

「このように、一撃必殺の剣じゃ」

これだけでも、途方もない破壊力を秘めた剣とわかった。示現流の遣い手を相手に、迂闊に戦えば、刀は折られ、肩先から鳩尾《みぞおち》までも切り裂かれるかもしれない。

助三郎の想像を裏づけるように、

「斬りあった相手方のひとりは、左肩から右の脇腹まで切り裂かれておった」

光圀は遠くを見る目をした。

ひとりの武芸者としての思い出に浸っているようであった。

今度こそよけいな言葉はかけず、助三郎はその場を立ち去った。

格之進から連絡が入ったのは五日後、文月二十五日のことだった。

競りの場所は江戸市中ではなく、川崎宿《かわさきじゅく》の郊外にある屋敷であった。跡継ぎが絶えて改易になった旗本の屋敷を、山城屋が買い取ったのだという。

町人が住むということで、長屋門は木戸門に改造され、瓦葺《かわらぶき》ながら地味な母屋にも造り変えられている。築地塀《ついじべい》も取り壊され、柴垣がめぐっていた。

そのため、ずいぶんと開放的でゆったりとした空間が広がっている。

庭は芝生が敷きつめられ、見事な赤松が植えられているものの、海に近いこともあり、潮風が吹きこんでさすがに庭を愛でる気にはなれなかった。

助三郎は羽織、袴、お信は菊の裾模様を施した小豆色の小袖に身を包み、楚々とした、たたずまいである。ふたりは母屋の格子戸の前に立ち、どちらからともなく役目を遂行することを目でうなずきあった。

助三郎が格子戸を開けた。

「ああっ」

思わず驚きの声をあげた。乙に澄ましていたお信も目をしばたたいた。

外からはわからなかったが、中は大きな広間になっていた。三十畳ばかりの板敷きが広がり、そこに緋毛氈《ひもうせん》が敷きつめられている。真ん中に、大きな机と籐椅子が並べられ、周囲の壁には西洋画が飾られていた。奥の壁際には、七尺はあろうかという大きな西洋時計が置かれている。

目の前に、商人風の男が立っていた。黒紋付の羽織、袴に身を包んだ男は、

「ようこそ、おいでくださいました。手前が、山城屋雁次郎でございます」

雁次郎の言葉には、品のよい京都訛《なま》りが感じられた。

「水戸徳川家の佐々野助三郎、これは妻のお信です」

助三郎は懐中から、一通の書状を取りだした。山城屋雁次郎から助三郎に宛てられた招待状である。お信は軽く会釈を送る。

雁次郎は招待状をあらためると、

「どうぞ、こちらでございます」

助三郎とお信は雁次郎の案内で、籐椅子に並んで座った。まだ、ほかの招待客はいないようだ。天窓から秋の日差しが差しこみ、机の周囲に心地よい陽だまりを作っていた。

「もうしばらくお待ちください」

雁次郎は言うと、格子戸に向かった。

女中が盆を運んでくる。透明なギヤマン細工の容器に、透明な杯。容器には、血のような液体がたゆんでいた。葡萄酒だ。

注がれた酒に軽く口をつけてみると、なんともいえぬ苦味が口中に広がり、それ以上は舌が拒んだ。

だが、横でお信は平然と飲み干している。

なんだか、技量の違いを見せつけられたような気がした。

「ようこそ、お越しやす」

雁次郎の声が聞かれた。格子戸を見ると、立派な身形の男女がいる。薩摩か紀州のどちらだろうと思っていると、

「薩摩中将さま用人・河津《かわづ》伝八郎《でんぱちろう》、妻の美佐《みさ》でござる」

河津の口調には、癖のある薩摩弁が微塵も感じられない。薩摩藩では、上級武士はお国言葉をいっさい話さないと聞いたことがある。河津も用人を務めるだけあって、薩摩訛りを消しているに違いない。

河津夫妻は雁次郎の案内で、助三郎たちの前に座った。雁次郎が間に立って紹

介する。

河津はよく日に焼け、助三郎より頭ひとつ分大きい。六尺近い大男だ。着物の袖口からのぞく手は、竹刀でできたと思われるたこがあった。眼光の鋭さといい、相当な遣い手と思われる。

――そう、一撃必殺、薩摩示現流の……。

それに対し、美佐は平凡な顔立ちの女だった。地味で、いかにも夫を立てる従順さを醸しだしていた。

「佐々野殿、初めてお目にかかる」

河津は軽く頭をさげた。

「よろしくお願い申す」

助三郎も頭をさげた。お信と美佐も会釈を交わした。

「ときに御老公は、お健《すこ》やかであられますかな」

「いたって、ご健勝にござります」

「それはよかった。わが殿が気にかけておられたのです。一昨日、お風邪を召されたとのことでしたからな」

河津は目元をきつくした。素性を疑われているような気がした。

「わたしは、滅多に御老公のそばにまいることはございません」

落ち着け、と自分に言い聞かせる。横からお信が、

「主人はつい先月、ご奉公にあがりました」

長く国許の勘定方に勤めていたが、水無月から江戸の藩邸に来たのです、と説明した。

「さぞや、算盤には長《た》けておられるのでしょうな」

河津は言った。

そのとき、七尺の巨大な西洋時計が、大きな音を発した。河津は驚きもしない。そこへ、芝増上寺の昼九つを告げる鐘の音が重なった。

「遅いのう」

河津は苛立ちを見せはじめた。無骨な外見同様、短気なようだ。それを示すように、立ちあがって雁次郎を呼んだ。

「約束の時刻になったのだ。早々にはじめようではないか」

「まもなく紀州さまもまいられましょうから、いましばらく、お待ちくださいませ」

雁次郎はにこやかに頭をさげる。

「しかしのう、約束の時刻に遅れるとは、いかに御三家といえど……」

河津は顔をしかめる。

「ですが」

そこで判断を求めるように、雁次郎は助三郎を見た。雁次郎にしてみれば、紀州家がそろってから、競りをはじめたいのだろう。

そのほうが、値がつりあがるに決まっている。

水戸家と薩摩藩に手を組まれでもしたら……という懸念もあるに違いない。

雁次郎に味方する義理もないが、約束の時刻ぴったりにはじめるというのも、いささか酷すぎるような気もした。気が短い河津に対して、ゆとりあるところを見せたとしても悪くはあるまい。

「雁次郎殿が申すように、いましばらく待ちましょう」

助三郎は言った。

河津は顔をしかめたが、反論はしなかった。雁次郎は河津の視線を逃れるように、格子戸の近くまで戻った。

河津はいらいらと葡萄酒をあおり、気まずい空気が流れた。西洋時計の針が時を刻む音だけが響く。

ついには、河津が立ちあがった。雁次郎のほうに向かって言葉を発しようとしたが、その機先を制するように、

「旦那はん」

甲走った声が広間に走った。雁次郎は眉をあげ、

「どないしたんや。そんな大きな声を出してからに」

声の主は、助三郎たちに頭をさげてから雁次郎に駆け寄り、何事か耳打ちをした。雁次郎の顔が激しく歪んだ。さらには血の気が引いていく。

「いかがした」

河津の言葉に、雁次郎はよろめきながら、

「そ、それが……」

舌をもつれさせている。

「しっかりせよ」

河津は手にしていた葡萄酒を、雁次郎に飲ませた。雁次郎はようやくのことで落ち着きを取り戻し、

「紀州家の御用人、石野《いしの》正二郎《しょうじろう》さまと奥さまが亡くなられたのでございます」

「なんだと」

反射的に河津は怒鳴った。まるで、雁次郎を責めているようだった。

「どういうことですか。紀州藩邸から報せが届いたのですか」

助三郎の問いに、雁次郎は首を横に振り、

「当屋敷内で、殺されたものかと」

さすがに河津も言葉を失い、しばらく呆然としていたが、

「くわしい事情が知りたい」

雁次郎は迷う風だったが、

「峰蔵《みねぞう》」

と、耳打ちをした男を呼んだ。しばらくふたりはやりとりを繰り返し、

「では、ご案内申しあげます」

河津と助三郎に向いた。

お信も腰を浮かしかけたが、武家の妻としては、はしたない行為と思ったのだろう。腰を落ち着け、心持ちそわそわとした芝居を打った。美佐は唇を噛み、じっと座っている。

助三郎は河津とともに、雁次郎についていった。雁次郎は広間を抜け、母屋の裏口から庭に出た。池があり、小高い丘となったところに東屋《あずまや》が設けられている。

雁次郎は東屋をのぞき、すぐに顔を背けた。

助三郎が中に入ろうとするのを、河津が先んじて足を踏み入れた。助三郎も続く。

男女がうつ伏せに倒れていた。河津が屈みこみ、

「ふたりとも喉をやられている」

助三郎は雁次郎を振り返った。

「紀州家の石野殿に違いないのか」

「そうだと思います。ただ、当屋敷内の誰も石野殿たちのご来着を知らず、たまたま東屋をのぞいた奉公人が、おふたりの亡骸《なきがら》を発見したのです。いったい、いつごろに来られたのでしょうか」

「おお、ちょうどよい。これがあるぞ」

河津は男の懐中から、書状を取りだした。紀州徳川家の石野正二郎に宛てた招待状だった。であれば、やはりこの夫婦が紀州家の使いなのだろう。

石野の喉の傷はひと突きで、妻のほうは喉笛を掻き切られていた。

「それにしても、いったい何者が……」

雁次郎はおろおろとしている。

「ともかく、このことを紀州さまにお報せせねばなりません」

助三郎の言葉に、雁次郎はうなずきつつ、

「では、本日の競りは中止……」

しかし、そこで河津が強い口調で遮った。

「ならん」

有無を言わせぬような口ぶりだった。

「しかし、それでは」

わなわなと雁次郎は震えた。

「せっかく川崎くんだりまで、やってきたのだ。わざわざ、日をあらためることもあるまい」

「ですが、石野さまがこのような災難に遭われてしまった以上……」

「かまわん、と申したではないか」

「しかし」

助けを求めるように、雁次郎は助三郎に向いた。

瞬時に助三郎は状況を考える。

こちらとしては、このまま薩摩家と競りあうのが望ましい。

なにより、密約書の件がある。なんとしても密約書を手に入れるのであれば、競りあう人数が少ないに越したことはないのだ。

河津が思わせぶりな笑みを送ってくる。それに応えるように、

「……たしかに、いまさら日をあらためるというのも、なんでござりましょう。各々の家中の都合というものもあります」

間髪をいれず河津が、

「いかにも。事情はどうであれ、この場に代表者がおらぬということは、紀州さまはご欠席ということだ」

雁次郎はしばらく考えていたが、

「わかりました」

と、いかにも不服そうに受け入れ、峰蔵を呼んで耳打ちをした。

「紀州さまのお屋敷に使いを走らせました」

「うむ」

河津は答えてから、さすがに冷たすぎると思ったか、

「だが、石野殿もこのままでは不憫だ」

東屋には海風が吹きすさび、初秋にもかかわらず寒々としている。死人には関

係がないとはいえ、たしかにいかにも不憫であろう。

「手前どもでお運びします」

雁次郎が引き受けた。

河津は亡骸に両手を合わせる。口ひとつきいたことはなかったが、助三郎も災難に遭った石野の冥福《めいふく》を祈った。

「では、競りの場に戻るといたそう」

河津が足を向ける前に、雁次郎はさっさと先に行ってしまった。

あとに続いた助三郎と河津が母屋の裏口にいたったところで、雁次郎が清めの塩をふたりに振った。気が利くというべきか、なんとも用意周到な人物だと助三郎は妙なところで感心した。

広間では、お信と美佐は静かに待っていたが、石野の死の状況を簡単に告げると、どちらも目を伏せた。

雁次郎が四人の前に進み出て、

「石野さまと奥方は、大変な災難に遭われました。ですが、河津さま、佐々野さまよりのたってのご要望で、本日の競りを予定どおりおこないたいと存じます」

と、丁寧に頭をさげた。

「我らで競り落とせなかった品々については、山城屋に一任しよう。それらを、あらためて紀州家に持っていくのも、よしだ」

河津は、いかつい顔をゆるめた。

雁次郎はそれにうなずき、

「では、品々を運ばせます。しばらくお待ちください」

と、大広間から出ていった。

河津は助三郎に向かって、

「佐々野殿、打ちあわせでござる」

「競り落とす品と、値決めですか」

「いかにも」

河津は軽く咳払いをした。

四

「いかにされますか」

探るように助三郎が問いかけると、

「御老公がどうしても手に入れたい物とは、後水尾上皇さまの書簡でありましょう」

河津はずばり言ってきた。

これでは、とぼけることなどできない。河津は、こちらの狙いを承知のうえなのだ。おそらく、競りに備えて下調べをしてきたに違いない。

「いかにも、さようでござる」

「わかり申した。では、こういたそう。こちらとしても、山城屋の手前、値をつけぬというのでは、いかにも手を組んでいるように思われる。ある程度は値をつりあげねばならない。したがって、ここが目いっぱいとなったところで、合図を送ってくだされ。合図は……」

河津は、お信に視線を向けた。お信はうなずき、

「では、わたしが扇で口を押さえましょう」

お信は扇を取りだし、示してみせた。助三郎も、

「それがよい」

と、懐から書付を取りだした。そこには、格之進が書き記した、競り落とす必要のある品と金額が示されている。それを河津に見せようとしたが、

「不要でござる。いまさら、いちいち覚えておられぬ。それよりは、これらも合図といたそう」

「承知」

「では佐々野殿、欲しい品々とその値が近づいたら、合図を送ってくだされ」

「ですが、そう毎度、扇を使うのもわざとらしいのではありませんか」

「たしかにそうでござるな。作為的に思われず、簡単な合図がようござるな。かといって、あまりにみえみえでも困る。それに、たびたび佐々野殿と目を合わせていると、いかにも密約があると思われよう」

ここで、またもお信が、

「では、こういたしますわ。欲しい物の値の上限が近づきましたら、わたしがうっとりとした声で、すてき、とか、すばらしい、と申します」

助三郎が目で問いかけると、

「大丈夫です。わたしも書付に記された品と金額は、すべて頭に入れておりますゆえ」

お信は端然と微笑みかける。

「承知、それがよい。それにしても、なんとも有能な奥方でござるな」

河津が笑い声をあげ、助三郎も曖昧にうなずいた。

その間も、美佐は終始うつむいている。よほど慎ましい女なのだろうか。

「かたじけない」

助三郎は、ほっと安堵のため息を漏らした。河津は手を振り、

「なんの、御老公には、ひとかたならぬ恩義がござってな。是が非でも助力つかまつるつもりでござる」

「さて、と」

助三郎が言ったところで、お信が助三郎の羽織の袖をそっと手で引いた。なにか話があるのだろう。

「失礼」

助三郎は腰をあげた。

お信と大広間の隅に行き、

「あの美佐という女、なんだか変ですよ」

表情を変えず、お信は言った。

「変とは……」

「さきほどから、ひとことも口をきかないのです」

「そういう女なのではないのですか」

「そういう女とは、誰かとは違って、慎み深いということですか」

お信は心持ち、拗《す》ねたような言い方をした。

「いや、なにもお信殿を揶揄《やゆ》するつもりはありません。黙っているほかに、妙な点はありますか」

「助三郎さまと河津殿が、石野殿の亡骸をあらためておられる間、わたしは幾度か話しかけてみたのです。しかし、美佐殿はなにも答えてくれませんでした」

「ふたりきりだったわけですね」

「そうなのですよ」

「よほど嫌われたのでしょうか」

助三郎は冗談めかしたが、

「冗談はよしてくださいよ」

ぴしゃりとお信に返された。

なるほど、安積格之進が信頼を置くだけはある。芯の強いしっかりした娘であった。

「すまぬ……なるほど、妙と言えば妙だし、よほど控えめ、ということも考えられますぞ。いや、慎ましいというよりは、用心深いのかもしれませぬな。それとも従順か……河津から、よけいな口はきくな、と釘を刺されていたのかもしれませぬ」

真面目な助三郎の推量を受け、

「美佐から目を離さないようにします」

お信はうなずいた。

「それと、石野殿を殺した下手人は、いったい何者でしょう。助三郎さまは、現場でなにか見つけられましたか」

「見たところ、とくに気になった点はありませんでした」

「殺す動機を持つ者はおりましょうか」

「もちろん、紀州家内のことはわかりませんが、ここにいる者で言えば……」

助三郎が言葉を止めると、お信も口を閉ざした。それから、ふたりは河津を見た。ひょっとして、河津の仕業か。

たしかに、競りのことだけを考えれば、紀州家は邪魔だ。競りの場から遠ざけるために殺した、ということも考えられなくはない。

だが、いくら重要なお役目とはいえ、目あての品を競り落とすためだけに、殺しまでするものだろうか。

たとえそうだとしても、河津は自分への協力を申し出た。いまのところ、水戸家にとっては味方でありこそすれ、敵ではない。

「ともかく、競り落としを無事に済ませられるよう、尽くそう」

助三郎はお信をうながし、席に戻った。

そこへ、雁次郎がふたたび姿を見せた。

「お待たせしました」

雁次郎の言葉とともに、山城屋の奉公人たちが、大きな白木の台を運び入れる。

「まずはこれを」

最初に持ってこられたのは、青磁の壺だった。

「清国よりの渡来品でございます」

雁次郎は言うと、河津と助三郎を交互に見た。格之進の書付にはない。だが、そうかといって、まったく値をつけないわけにもいかないだろう。

「まずは、百両でいかがでございましょう」

雁次郎が言った。

「百十両」

河津が声をかけた。

雁次郎は、助三郎のほうを見る。

「いかがでございます」

「百二十両」

助三郎は右手をあげた。

「百四十両」

いちだんと、河津は声を張りあげた。助三郎は黙ってうなずいた。

「では、この壺、島津中将さまが落札とさせていただきます」

雁次郎が静かに告げ、壺は壁面に置かれた。

「続きまして……」

今度は、黄金の輝きが眩《まぶ》しく映える酒器である。

「金箔を施した杯でございます。古《いにしえ》より伝わる、蒙古《もうこ》帝国《ていこく》皇帝の品と言われております。どうぞ、お手に取ってご覧くださいませ」

雁次郎がうながすと、峰蔵が袱紗《ふくさ》で包んだ杯を、まずは河津の前に置いた。

河津はそれを手に取って眺めるが、美佐は正面を向いたまま、まったく関心を示さない。

「ふむ、見事なものじゃ」

河津は愛でるように撫でた。峰蔵は続いて、助三郎の前に置いた。

手にしてみると、ずしりとした重みを感じるとともに、まばゆいばかりの輝きが目を射た。

「まさしく逸品《いっぴん》ですね」

お信が、自分も手にしたいという素振りを見せた。渡すと、お信はうっとりとした顔になった。

「まあ、すて……」

本音を口に出しかけて、あわてて言葉を飲みこんだ。これも、格之進の書付にはない物だ。うっかり競り落としてしまっては大変だ。

「よろしおますか」

雁次郎は落ち着いている。

「五十両からまいりましょうか」

百両の品があっただけに、この値は意外にも思えるほどに小額であったが、五十両とて大金である。

「六十両」

助三郎が、まず値をつけた。

「七十両」

河津が応じる。もうひと声かけようと思ったが、むやみに島津家に負担をかけるのもまずかろう。

黙って助三郎はうなずいた。

「では、この杯も島津中将さまがお買いあげくださります」

雁次郎は淡々と言った。

次は、水墨画だった。あざやかな筆遣いで、幽山渓谷《ゆうざんけいこく》が描かれている。

「雪舟《せつしゅう》作でございます」

格之進が競り落としてくるよう命じた品物だった。

「五十両からまいりましょうか」

雁次郎が声をかけた。

「七十両」

河津が言った。

「八十両」

助三郎は応じる。格之進からの指令は、百両だ。

「九十両」

河津が発したところで、お信が、

「まこと、すてきですこと」

と、ため息混じりに口をはさんだ。河津が目で承諾を伝えてくる。

「百両」

助三郎が言うと、

「おりる」

きっぱりと河津は告げた。

「これは、水戸さまがお買いあげということでございます。ありがとうございます」

雁次郎は、にこやかに言った。その間も、美佐は他人事のように虚ろな目で正面を向いているばかりだ。

「まこと、すばらしき品ばかりでござるな」

河津が思わずといったふうに、感嘆の声をあげた。競りの駆け引きとは別に、肌身で実感しているのだろう。

「ありがとうございます。喜んでいただければ、なによりでございます」

いまや雁次郎も、すっかりとくつろいだ様子である。

五

「では」

次に雁次郎が運びこませたのは、西洋の椅子だった。ビロードの革張りが施された逸品で、スペインの皇帝が使用していたという。これも、格之進の書付にあった品だ。

助三郎は予定どおり、百五十両で落札した。

その後も、スペイン皇帝の后《きさき》が所有していた首飾り、オランダの国王が所持していた王冠といった品々を、高額で競り落とした。

競りは順調に推移していく。

やがて、

「では、本日の逸品を運びましょう」

雁次郎の口調があらたまった。それを聞いただけで、これからいよいよ上皇の品が展示されるに違いないとわかる。

助三郎の背筋が伸び、河津も軽く咳払いをする。そこで、美佐の目が光を帯びた。まるで別人のような表情となった。

それはお信も気がついたようで、助三郎の袖にそっと触れた。助三郎も微妙にうなずく。

「これでございます」

白木の台に載せられたのは、ふたつの書状の束であった。

「こちらは、畏れ多くも二代目公方さまの秀忠公から、後水尾上皇さまに宛てられた書状です。そして、それを本物であると認める、霊元院さまの書状も添えられてあります」

やはり、密約書は実在したようだ。

だが、なぜ束がふたつあるのだろうか……。

助三郎の疑問に答えるかのように、雁次郎が謎めいた笑みを浮かべた。

「ところが、この束のどちらかは、霊元院さまが作らせた偽書でございます」

河津が敏感に反応した。

「どういうことだ。なぜ、霊元院さまがそのようなことをなさる」

雁次郎は笑みを浮かべたまま、

「貴重な品なので、あくまで控えを作らせたつもりだったらしいのですが、あまりに巧妙な出来栄えゆえ、添状《そえじょう》を書かれた霊元院さまも、はてどちらが本物なのか、定かではないご様子でして」

弁解するように言うと、ふたつの書状の束をその場で開いてみせた。

「ご覧のとおり、書状には秀忠公と後水尾上皇さまのご署名と花押《かおう》、そして添状には、これが本物であることを示す霊元院さまのご署名、花押が記されております。いやはや、これではたしかに、どちらが本物かわかりかねますな」

――そんなわけはあるまい。もし控えをとるだけであれば、自分の添状まで複製を作る必要などなかろうに……。

助三郎の内心の思いをよそに、さらに雁次郎は続ける。

「こちらに関しましては競りではなく、両家の話しあいのうえ、それぞれに選んで買っていただきたい。記した本人も真贋《しんがん》が決められぬゆえ、それがいちばん公平であろう、と上皇さまも仰せになっておられました」

怒りを通りこして、助三郎はむしろ感嘆の念すら抱いてしまった。

なるほど、霊元上皇の狙いが読めた気がした。

つまりは、書状の複製を作り、真贋定まらぬままに各家に売りつけようという心づもりなのだろう。もし、ここに紀州家も参加していれば、書状の束は三つになったはずだ。

こちらとしては、なんとしても本物を選ばなければならない。いくら偽物を破り捨てたとして、本物が他家に渡ってしまえば、元も子もないからだ。

逆に言えば、本物さえ手に入れれば他家の偽物など、どうでもよい。いくら騒ぎたてられたところで、あわてずに傍観《ぼうかん》してればよいのだ。

公家のいやらしいやり口に、さぞや河津も怒りを溜めこんでいるかと思いきや、意外にも無表情のまま、

「ふん、やはりな……小ざかしい真似をしおって」

吐き捨てるように、つぶやいただけだった。

「これも、趣向でございます。書画骨董には、真贋の見極めを楽しむという面もございましょう」

ここで少し休憩しましょう、と雁次郎は続けた。助三郎も河津もとくに反対はせずに、雁次郎はいったん大広間を出ていった。

すぐに、河津が助三郎に目配せをしてくる。助三郎は椅子から立ちあがると、広間の隅に向かった。河津がそばに寄ってくる。

「困りましたな」

助三郎が言うと、河津は意外ににもにこやかだ。

「なんの、困ってなどはおりませんぞ」

「というと……」

「以前から、ふと妙な噂を耳にしてましてな。京の公家たちが、人を集めてなにやら作らせている……と。それで、こんなこともあろうかと」

河津は右目をつむってみせ、わずかに顎を美佐のほうへしゃくった。

「あれにおります女」

「ご妻女でござろう」

「いいえ、そうではござらん」

「と、申されますと……」

「じつは、院の御所の女官であったのだ。書状の真贋はわからずとも、霊元院さまの筆遣いは、よく存じておる」

「ははあ……なるほど」

陰気な女の素性が判明し、納得がいった。

「あれなる美佐は、霊元院さまの筆であれば、ひと目で見抜く。ですので、霊元院さまの本物の添状に対しては、これはやんごとなし、という言葉を漏らさせましょう。そうしたら、貴殿方はそれを選ばれよ」

「かたじけない」

「なんの、礼を申されるまでもない」

河津は目元を優しくした。

「いや、重ね重ね、お心遣い痛み入る」

「中将さまから、くれぐれも御老公には失礼なきように、と言いつかってきましたからな」

そうは言われても言葉どおりに受け取っていいのか。河津の親切の奥にひそむ本音が気がかりだ。

それは、薩摩藩の狙いでもあろう。薩摩はなぜ、これほどまでに水戸光圀に恩を売るのだろうか。

ひとつ考えられるとすれば、琉球を通じた清国との交易を、幕府に認可してもらううえで、水戸光圀の助力が欲しいということだ。

御三家のうち、尾張家当主の綱誠《つなのぶ》は、家を継いだばかり。紀州徳川家当主の光貞《みつさだ》は、すでに齢《よわい》六十八。紀州徳川家の当主となって二十七年の重鎮であるが、外国との交易には消極的と聞いている。

　すると、河津はそんな助三郎の心のうちを見透かしたように、

「薩摩がなぜ御老公に肩入れするのか、とお思いなのでござろう」

「いかにも」

「ご存じのごとく、薩摩は琉球を通じて清国との交易をおこなっております。本音は、その交易を拡大したいのでござる」

「と、申されると」

「大坂、江戸においても交易品を大々的に売りさばき、得た利の一部を御公儀へ上納したいと存ずる。それをぜひとも、御老公さまのお力添えをもって果たしたい」

　予想どおりの答えである。

「いまのままでは不服なのですか」

　助三郎はささやくように聞いた。

「現在は、あくまで非公式。利はあがるとは申せ、いわゆる抜け荷では限界がござる。もし、表立って交易ができれば、数倍の利を得ることもできよう」

「薩摩藩ともあろう大藩が、それほどまでに利を追求せねばならぬのですか」

「当家は、洪水《こうずい》や大火で莫大な再建費用を要し、こんなことを申すのは、はばかられるが……公儀より寛永寺《かんえいじ》本堂の造営、金山銀山採掘の手伝いをも命じられ、いささか台所が傾いておるのです」

河津の目は剣呑に彩られた。

なるほど、とは思ったが、くわしく追及できる事柄でもない。助三郎が黙っていると、河津は続けた。

「ここは、御老公さまにますます強きお力を持っていただき、畏れ多くも将軍家に働きかけていただきたいのでござる。それには御老公さまに、正式に副将軍になっていただきたいと存じます」

光圀が聞けば飛びあがって喜ぶであろうことを、河津は言った。

「それは……」

助三郎は河津の迫力に気圧されるように、言葉を飲みこんだ。

ふと、想像してみる。光圀が正式に副将軍になったら……。

光圀のことだ、正々堂々と江戸城に乗りこみ、幕政に口出しをする。将軍徳川綱吉も我が強いと評判だ。きっとふたりはぶつかりあい、幕閣は割れるだろう。

一方、お忍びの散策はできなくなる。助三郎が振りまわされることはなくなるだろうが、ほっとする反面、寂しさも感じるような気がする。

だが……。

光圀本人も、堅苦しい江戸城での生活にはすぐに飽きてしまうだろう。正式に副将軍に任官するより『天下の副将軍』とおだてられているうちが花だと、本人もわかっているに違いない。

「是が非でもでござる」

河津の目は迫力に満ちている。

助三郎はいなすように視線を逸らし、

「ならば、お聞きいたす。紀州さまの使者を斬ったのは、河津殿ですか」

河津は一瞬も躊躇うことなく、

「そうでござる」

「紀州さまが、それほど邪魔でござるか」

「邪魔ですな。紀州さまは海外交易について、断固反対をなさっておられる。商いなどは卑しきこと、百姓こそ大切にせよ、とお考えだ」

「そのためだけに、河津殿は石野殿を斬られたと申されるか」

「霊元院さまの書簡が、万が一にも紀州さまの手に入らぬようにとの配慮でござる」

「それほど、紀州さまの手に渡っては不都合ですか」

「いかにも」

「なぜです」

「決まっておりましょう。さきほどの書状の内容が世間にさらされれば、天下の一大事でござる」

「しかし、紀州さまとて、将軍家の醜聞《しゅうぶん》めいたことを公になさいますかな。もしくはそれを盾に、公儀に対してなにかを要求するつもりか……」

助三郎は眉をひそめた。

「そう、そこでござるよ」

河津の目がぎらりと光った。

六

「紀州さまは……」

河津が言いかけたが、助三郎にはすぐに紀州家の意図がわかった。

「紀州家当主、大納言光貞公の嫡男綱教《ちゃくなんつなのり》さまは、公方さまの姫である鶴姫《つるひめ》さまを御簾中《ごれんじゅう》に迎えられました。目下、公方さまに男子はなく、次期将軍は綱教さまと いう声が聞かれます。光貞公は、綱教さまを六代将軍にする、という確約が欲しいのですな。密約書を手に入れ、それを使って……」

助三郎の推量に、

「そういうことでござる」

河津は首肯した。

「なるほど、死せる御水尾上皇と二代将軍秀忠公が、公儀を走らせる、ということですか」

助三郎は皮肉めいた笑みを浮かべる。

「まったくだ」

河津は目をしばたたいた。

それからふたりは、席に戻ろうとした。お信が近づいてきて、助三郎を誘う。

助三郎は河津に目礼し、ふたたびお信と部屋の隅に立った。

「美佐という女、やはり妙ですわ」

お信は美佐のことを探っていたようだ。

「あれは河津殿の妻女にあらず。院の御所の女官だったそうだ」

河津から聞いた美佐の素性と、ここにいる目的を簡単に伝えた。

お信はそれを聞き、感心とも納得ともつかない顔つきになった。

「こっちがなにを話しても口を開かなかったのは、京の言葉を聞かれたくなかったのかも……」

「きっと、そうですよ」

「これから、どうしますか」

「河津殿は、こちらへの協力を申し出てくれています」

書状を選ぶ際、本物のほうに美佐が、これはやんごとなし、という合図を送ってくれるという話をした。

「では、こちらは本物を選択できるのですね」

「そういうことですね」

すると、お信は小さなため息を漏らした。

「どうしたのですか」

「いえ、べつに……」

「なんだ、はっきり言ってください。お信殿らしくないぞ」

「なんだか、物足りなくないですか」

「物足りないとは」

「事が容易に運びすぎています。わたしたちの出る幕はございませんわ」

「お信殿は、それが不満なのですか」

「不満まではいきませんが」

お信は微妙な笑みを浮かべた。

忍びの性なのだろうか。困難な役目を遂行することに、生き甲斐を感じているのかもしれない。

「こういう御用があってもいいではないでしょうか」

「助三郎さまは満足ですか」

お信は、いかにも心外といった様子だ。

役目が簡単にこなせるに越したことはない。だがなぜか助三郎も、いささか後ろめたく感じてきた。

「満足もなにも……まだ目的の書状が手に入ったわけではありませんからな」

そこで助三郎は話題を変えるように、

「ところで、紀州家の使者を殺したのは、河津殿だそうです」

お信の目が光った。

「なんでも、薩摩は御老公さまを正式な副将軍にし、薩摩藩がおこなう交易を御公儀の認可にしたいらしく、美佐殿の協力もそのために申し出てくれました」

「なるほど、安積さまがおっしゃっておられた以上ですわ。御老公の副将軍就任までもお考えとは」

「御老公も乗せられなければいいのですが」

副将軍とおだてられるうちが花だと、光圀もいずれ自覚するだろうが、それまでは念願が叶《かな》って有頂天になるのではないか。

事がうまく運んだ暁《あかつき》には、うまうまと薩摩のおだてに乗せらせる光圀の姿が、いやでも想像できてしまう。首を振る助三郎に対して、お信がつぶやいた。

「それにしても、薩摩も思いきったことをなさったものですね。まさか紀州さまの使者を斬るとは」

「それだけ必死なのでしょう」

「我らも必死にならねば」

お信は目元を引きしめた。

ふたりが席に戻ると、ちょうど雁次郎が部屋に入ってきた。

「お待たせいたしました」

あらたまったように、その場を見まわす。それからおもむろに、

「では、再開いたします」

おごそかに告げて、助三郎と河津の顔を交互に見た。そして、ふたりの返事を待たず、

「この書状は、千両で買い取っていただきたいと存じます。まずはそれぞれをよく吟味し、両家の話しあいのうえ、どちらを選ぶか決めていただきたい。もし選択がどうしても重なるようであれば、こちらで決めさせていただきます」

ここまで手のうちを明かした以上、雁次郎側も、絶対に今日のうちに買い取ってもらうつもりなのだろう。日をあらためて、ということにでもなれば、それこそ書の真贋を見分ける者を連れてこないともかぎらないからだ。

もとより、助三郎も河津にも異存はなかった。用意周到な雁次郎の裏をかいて、こちらには美佐という強力な味方がいるのだ。

とはいえ、薩摩藩は一銭の価値もない偽物に、千両という大金を支払うことになるのだが……。

書状の束を並べた台が助三郎と河津の間に置かれ、しばらくの間、沈黙が続い

た。一応、助三郎も河津も目を皿のようにして、霊元院の署名や花押を調べるが、真贋はわからない。

やはり、ここは美佐に頼るしかない。

両方を見比べていた美佐は、片方を手にした際に、

「やんごとなし……」

品のある声を漏らした。すぐさま助三郎は立ちあがり、

「御免」

と、美佐が選んだ文書を手にした。いささか唐突とも思える行動に、

「あなた、はしたのうございますよ」

お信が、助三郎の羽織の袖を引いた。

「いや、すまん。だが、これを買う」

「……いけません」

なぜか、お信が止めてきた。

「こちらはかまいませんぞ」

状況に戸惑い気味の河津が、助け舟を出してくれる。

それでもなお、

「考え直してください」

お信の目は真剣だ。しかし、

「河津さまに異存はないようですから、佐々野さまは、どうぞそちらをお買い取りください。では、河津さまは残ったほうですな」

「かたじけない」

「以上をもちまして、本日の競りは終了でございます」

安堵したように、雁次郎が告げた。殺しという異常事態で人数が減ったとはいえ、二千両を手に入れられ、さぞや満足なのであろう。

懐に偽の書状をしっかりとしまいこみ、河津はこちらを見ずに、美佐とともにそそくさと席を立った。

「助三郎さま、向こうが本物です」

ささやくように、お信は助三郎の耳元で告げた。珍しく声に焦りを感じた。

「しかし、美佐殿が、こちらが本物であると合図をくれたではないか」

「あれは、偽りです」

「どうしてそんなことがわかるのですか」

「偽の密約書を、大事そうに持って帰ったではございませんか」

「山城屋の手前、そのようにしたのでしょう」

「違います」

お信は譲らない。

「だから、どうして……」

「いいから、早く追いかけて取り戻してくるのです」

お信の強い態度に反発心が湧いたが、同時に河津に対する疑念も生じた。

なにか妙だ。

いくら薩摩が水戸家に好意的とはいえ、巨額な金を使ってまで偽物を買い取るだろうか。

それに……。

――薩摩示現流。

光圀の話が思いだされた。

――しまった。

痛恨の思いに駆られながら、助三郎は広間を横切り、戸口を飛びだした。

いましも、木戸門に横づけされた駕籠に、美佐が乗りこむところだった。

「うまくいき申した」

河津が声をかけているのが聞こえた。助三郎は走り寄り、

「待たれよ」

「なんでござる」

河津は、ゆっくりと振り返った。

「そちらの書が本物ですな」

「馬鹿な」

河津は顔をしかめた。

「では、こうしよう。そちらも千両で買い取る」

格之進が聞いたら怒るかもしれないが、本物が他家に渡るよりはましだろう。

「ふっ、そんな戯言《ざれごと》を飲めるわけなかろう。それとも、美佐の鑑定を信用できぬと申されるか」

「いかにも」

助三郎の即答に、河津の頬は強張った。

「美佐殿も貴殿も信用できぬ」

「それは、薩摩中将さまを信用できぬ、という意味か」

河津は語気を荒らげた。

「薩摩中将さまは信用の置けるお方でしょう。ですが河津殿……いや、紀州家当主光貞公の家来、石野正二郎殿は信用できん！」

強く言い放ち、助三郎は睨みつけた。河津は不敵な笑みを漏らし、

「石野だと」

「そうです。あなたは河津ではなく、石野正二郎だ。東屋で殺されたのが、薩摩藩の河津伝八郎殿です。あなたは密約書を確実に手に入れるため、屋敷の外で河津を待ち受け、誰にも見られぬうちに始末して東屋に運んだ。もしくはみずから河津を引き入れ、東屋に誘導した。屍体《したい》の発見は、遅ければ遅いほど都合がいいですからね。そして各々に宛てられた文を入れ替え、河津になりすましたというわけです」

「証でもあるか。これ以上、くだらぬ戯言に付き合ってはおれぬ」

河津を装った石野は、美佐を乗せた駕籠を出発させた。

「さらばだ」

助三郎を無視して踵《きびす》を返す。

「待て！」

大声を張りあげると同時に抜刀し、助三郎は石野に斬りかかった。石野も飛び

のき、すばやく抜刀する。

「刀を抜くとは……まあ、いいだろう。そちらが先に抜いたのだ。おまえを斬っても批難はされまい。馬鹿な奴め、焦るあまり、おれにとって都合のよい状況を仕立ててくれたものだ。おまえは競りでおれに遺恨を抱き、斬りかかってきた。おれは、それを斬って捨てた」

石野は大刀を正眼に構えた。見あげるほどの高さに、浅黒く日焼けした顔がある。目の白さが、やたらと目につく。

「馬鹿はそっちだ」

助三郎は八双に構えたまま言い放った。石野はそれには応えず、斬りかかってきた。助三郎は横に飛びのく。

すると、石野は突きを繰りだした。

「本物の河津殿も、その突きで殺したか」

石野は無視し、何度も突いてくる。

助三郎は後ずさりし、避け続ける。

「あなたが河津殿ならば、薩摩示現流の構えから、一撃必殺の剣を繰りだしたはず。その技は、示現流ではない」

「おのれ」

石野は浮き足立ったか、しゃにむに刀を振りまわしてくる。

あまりの勢いに助三郎は気圧され、後ずさるばかりだ。

石野の息が切れるのを見定めようとしたところで、足がもつれてしまった。身体の均衡が崩れ、仰向けに倒れる。

石野が迫り、大刀を斬りさげた。咄嗟《とっさ》に、助三郎も大刀を突きだす。白刃がぶつかりあい、青白い火花が散るや、助三郎の手から大刀が飛んでいった。

「覚悟しろ」

石野は余裕の笑みを浮かべた。

助三郎の額から汗が滴《したた》り落ち、目に沁みこんだ。

と、お信が石野の前に立つ。

一瞬の躊躇いのあと、石野は大刀の切っ先でお信の首筋を突いた。

が、手応えがない。

そればかりか、咽喉を貫いたはずなのに、お信はにこにことしている。

「おのれ！」

今度は袈裟懸《けさが》けに斬りさげた。

やはり、大刀は空を切っている。

それもそのはず、石野が見ているお信は蜃気楼であった。カモメ組きってのくノ一……蜃気楼お信の秘技、朧絵立《おぼろえだ》ちである。

真のお信は、石野の背後にいた。

お信の蜃気楼は助三郎には見えず、そのため、石野が妙な動きをしているのが不思議であった。それでもすぐに立ちあがり、落ちた大刀を取りあげた。

次いで、

「鹿島新當《かしましんとう》佐々野流、鹿島灘渡り！」

叫びたてるや、助三郎は跳躍した。

眼前からお信の幻影が消えた代わりに、石野の頭上に助三郎が落ちてきた。

あっという間もなく、助三郎は石野の顔面を蹴りつけた。石野は前のめりに倒れる。

国許にいたころ、助三郎は漁師たちと小舟を繰りだし、鹿島灘の波に乗った。荒波が来ようが小舟の上で素振りをして鍛えあげ、編みだしたのが鹿島新當佐々野流の技だ。

石野が昏倒《こんとう》しているのを確かめ、懐中から本物の密約書を回収したところで、お信が話しかけてきた。

　お信にしてみれば、さきほどからその場にいたのだが、くノ一の秘技を知らぬ助三郎は、突然現れたお信に、いささかびっくりした。

　だが、いまそれを問いただしている場合ではないと思ったか、助三郎は言葉をいったん飲みこんでから、

「この者、薩摩藩の河津伝八郎ではなく、紀州家の石野正二郎であった」

「そうでしたか」

　ほっとしたように、お信は小さく息を吐いた。

「お信殿、お手柄でしたな。おかげで偽物をつかまされることはなかった。しかし、よくわかりましたな。女の勘ですか」

　役目を遂行できたことから、助三郎も幾分か気が楽になり、軽口を叩いた。

　お信は、ころころとした笑い声をあげた。

「そんなにおかしいですか」

「助三郎さまはお役目にのめりこむあまり、ものが見えなくなってしまわれたのです。木を見て森を見ず、ですよ」

「ええ……」

「そうでしょ。助三郎さまも石野も、密約書の添状に記された霊元院さまの筆跡を見定めようとした」

「だから、それを美佐が……」

「なるほど、わたしたちでは、霊元院さまの筆遣いを見定めることはできません。ですが、後水尾上皇さまと秀忠公の筆跡、ご署名や花押なら」

「お信殿は見たことがあるのですか」

「このお役目を頂戴してから、安積さまにお願いして拝見させていただきました。大日本史編纂の作業で、後水尾上皇さまのご宸筆《しんぴつ》、秀忠公の書状を見ることができました」

「さすがはお信殿」

いや、自分が迂闊なのか。

そうだ、霊元上皇の筆遣いにばかり気を取られていた。

なんのことはない、大日本史編纂の書庫で、おおもとのふたりの署名や花押を確認すればよかったのだ。

まったく、自分ながら呆れる思いだ。やはり、お信にはかなわない。

突然、

「助三郎さま！」

お信の悲鳴にも似た叫びがした。

河津、いや、石野が身を起こした。手には抜き身の脇差が握られている。助三郎は身構えた。

石野は脇差を、みずからの腹に突きたてた。一瞬の出来事だった。

あわてて駆け寄ったものの、すでに石野は事切れていた。

苦悶言葉ひとつ漏らさず果てた石野を見おろし、

「……これで、紀州さまの企みも闇の中だ」

助三郎は道端の石ころを蹴飛ばした。

同時に、自分を追いつめながらも奇妙に刀を振りまわした石野の動きが、不思議でならなかった。


それからも、依然として美佐の行方は知れない。

山城屋雁次郎は、石野の企てについて、知らないと言い張った。あくまで自分は、霊元院さまに命じられるままに競りを催しただけだと言うのだ。

光圀は肝心の密約書が手に入ったことで満足し、これ以上、事を荒立てることを嫌って、紀州家を追及することはなかった。

なんとも釈然としない気持ちと自分の未熟さを思いながら、助三郎は日々を送り、やがて文月が過ぎていった。

第三話　雨中の黒船

一

「いい気分じゃのう」

燃えたつような緑の香りを、徳川光圀は盛んに愛でた。かたわらには、分厚く切った羊羹《ようかん》を乗せた小皿がある。

秋が深まった長月《ながつき》三日の昼下がり、彰考館内にある東屋で、光圀はくつろいでいた。横で、いささか退屈そうに佐々野助三郎が控えている。

「なにか、おもしろいことでもございましたか」

確信をもって、助三郎は問いかけた。さきほどから、光圀の機嫌が妙によいのだ。

光圀は羊羹をぱくつきながら、

「下田《しもだ》にエゲレスの船がやってきた」

と、言った。

「エゲレスとは断絶しておるはずですよね」

羊羹を気にしながら、助三郎は確かめた。さんざんに見せつけておいて、おまえも食べろとはひとことも言われない。

「そうじゃ。今度は来訪しただけでなく、船長のなんとか申す、ええっと」

光圀は懐中から書付を取りだし、視線を凝らした。それから、

「ジョンソン、とか申す男、下田奉行所を通じて、公儀に交易をおこないたいと申してきおった」

苦々しげな物言いは、光圀がイギリスとの交易に反対だと示している。

「下田は伊豆の先端ですね」

「そうじゃ」

「相模湾《さがみわん》の近くまで、エゲレスの船が姿を現すようになったのですね」

「公儀がオランダと交易をしておるのなら、エゲレスもよいではないか、とジョンソンなる紅毛人《こうもうじん》は言っておるらしい」

なにがおもしろいのか、光圀は大口を開けて呵々大笑した。

「御公儀は通商を承諾なさるのですか」

「それはない」

きっぱりと首を横に振って、光圀は否定した。

「では、追い払うのでございますか」

「追い払うということまではせん」

「では、どうなさるのですか」

「とりあえずは下田奉行所で監視をし、返事を延ばす」

「下手に気を持たせぬほうがよいのでは。いずれは断るのでしょう」

助三郎の考えに、光圀も同意してから続けた。

「たしかに、悪戯に先延ばしをしても、しかたないのだがの。ちと、欲しい物があるのじゃ」

光圀は、ニヤリとした。この笑いが出るということは、なにかよからぬ企てを考えている証《あかし》である。そして、それはとりもなおさず、助三郎の災難……いや、役目となるものなのだ。

「それは、いかなることにございますか」

覚悟のうえで聞くと、

「薬じゃ」

「どんな効能があるのですか」

助三郎は問いを重ねた。

ここで光圀は勿体をつけるように、茶をごくりと飲んでから答えた。

「頭痛に効く薬じゃ」

「それならば、エゲレスに求めなくても、さまざまにあると思いますが」

ただの頭痛薬なわけはなかろう、と助三郎は勘繰った。光圀は澄ました顔で続ける。

「エゲレス船が持ちこんできた薬は、やたらと効くらしい。じつは、その薬にまこと興味を抱かれておられるのは、上さまなのじゃ」

「それは、また、いかなるわけでございますか」

「上さまが頭痛持ちであられることは、そなたも存じておろう」

将軍徳川綱吉には、たしかに頭痛の持病がある。

そのせいか、日頃から苛々が募り、周囲に当たり散らすことも珍しくない。綱吉が頭痛に襲われると、幕閣はぴりぴりとし、空気が張りつめる。目を合わせる者すらいない、とはもっぱらの噂だ。

「公方さまの頭痛をやわらげることは、御側用人の柳沢出羽守《やなぎさわでわのかみ》さまが長《た》けておられる、と聞いておりますが」

彰考館で耳にした噂話を、助三郎は持ちだした。

柳沢出羽守保明《やすあきら》は、将軍徳川綱吉が舘林《たてばやし》藩主であったころに、小姓《こしょう》として仕えていた。綱吉が将軍に就任すると幕臣となり、綱吉の寵愛《ちょうあい》を受けて、順調に出世の階段をのぼってきた。

元禄元年（一六八八）側用人に取りたてられると、一万二千石の大名になる。その後も加増を受け、今年には川越藩七万二千石を領するまでとなり、身分も老中格として幕政の中心を担っていた。

柳沢の異例の出世をやっかむ声も聞かれるが、綱吉の信頼厚いとあって、老中たちも彼の顔色をうかがうありさまである。幕閣ばかりか大藩の大名も、柳沢に贈り物をし、尾張家、紀州家の当主も江戸城中で顔が合えば目礼を返す。

もっとも、柳沢は世渡り上手で、御三家や大藩の大名には辞を低くして接しており、奢った素振りは見せないそうだ。

光圀は、柳沢を追従者《ついしょうもの》だと嫌っている。柳沢も口にこそ出さないが、副将軍気どりであれこれ幕政に口を出す光圀を煙たがっている。

このことは、江戸城中、彰考館ばかりか、市中でも流布《るふ》されていた。

江戸の町人たちがそんな噂を語るのは、将軍の寵臣を副将軍さまに懲らしめてもらいたい、という願望の現れでもあった。

「いかにも、柳沢出羽は上さまの頭痛を治す名人と評判じゃ。腰巾着《こしぎんちゃく》、追従者らしいわ」

光圀は、柳沢の名前を口にするのも不快なようだ。しばし口を閉ざしたのちに、光圀は話を再開した。

「その薬とやらがどんな物か、上さまはご興味を抱かれておられる。ところが、エゲレスと交易をおこなうわけにはまいらん。そこで、じゃ」

思わせぶりな笑みを、助三郎に向けてくる。聞くまでもなく、自分のすべきことを悟った。

「なんとかしてその薬を手に入れろ、ということですね」

「そうじゃ。わが水戸家が手に入れて、柳沢を出し抜いてやりたい。とはいえ助さん、さすがのおぬしも薬についてはくわしくなかろう。どこぞから適当な薬屋を見繕い、下田へ向かえ」

目を凝らし、光圀は命じた。

「ですがエゲレス人も、交易を許されておらぬ日本の商人を相手に売ってくれるものでしょうか」

助三郎は案じたが、

「地獄の沙汰も金次第じゃ」

光圀にはなんの不安もないようだ。

「そうは申しますがね……」

相手はこの国の人間ではないのだ。言葉も通じない相手と商いをするなど、自分にできるだろうか。同道する薬屋とて、イギリス人相手に商いなどしたことがないに違いない。

そんな助三郎の逡巡を吹き飛ばすように、

「万が一、売らぬというのであれば、かまうことはないぞ。その薬を奪ってまいれ」

いかにも安易に光圀は言った。

「はあ……」

助三郎が力強い返事をしないのを見るや、光圀は横を向き、

「柳沢出羽のごとき成りあがり者に、大きな顔をされてたまるか」

よほど柳沢が嫌いらしい。

「はあ、まあ、わかりました」

しかたなく、助三郎が両手をついたとき、奥女中のお信が、茶の代わりと桜餅を持ってきた。

お信は助三郎を見ても無表情である。カモメ組とは微塵も気取らせないのは、さすがだ。

光圀は横目でお信を見ながら、さもたったいま思いだしたかのように、

「下田に行ったら、薬を求めるついででかまわぬが……珍しい小間物なぞを買い求めてきてくれ」

あくまでついでだ、と言い添えた。

「小間物でございますか」

「そうじゃ。お信に似合いそうな物をな」

くノ一とは知らず、光圀はお信を気に入っているようだ。

すかさず、お信は一枚の絵を取りだした。さすがはくノ一、敏捷なことこのうえない。色彩あざやかな西洋画で、西洋の貴婦人が描かれている。

「この絵のような」

お信は、髪飾りやら首飾りを指差した。助三郎は首をひねり、

「果たしてエゲレス船に、このような物を積んでおるのでしょうか」

「下田奉行所の報告では、薬のほかにも西洋の茶や小間物の類《たぐい》を、多数積みこんでおるらしい」

光圀の答えを受け、

「よろしくお願い申しあげます」

お信もすかさず両手をついた。幼さの残った邪気のない顔を見ると、いやとは言えない。それにお信には、山城屋の競りの一件で大きな借りがある。

「承知しました」

助三郎の承諾を確かめると、お信はにっこり微笑んで去っていった。お信の姿が見えなくなってから、

「これを持っていけ」

光圀は紫の袱紗《ふくさ》包《づつ》みを差しだした。

「百両ある。もし足りなければ、下田奉行所に申せ」

「承知つかまつりました」

助三郎は、恭しく百両を受け取った。

異国人相手の役目で、助三郎にとっては未知の世界である。しかし、臆してはいられない。

なおもにんまりとしている光圀に、

「さてはエゲレス船の頭痛薬に、若返りの効能もあり……と見込んでおられるのでしょう」

助三郎は笑みを浮かべて語りかけた。

「そうじゃのう……まあ、あてにはしておらぬがのう」

言葉とは裏腹に、光圀は大きな期待を寄せているようだ。むしろ、頭痛薬というより、精力剤として手に入れようとしているのではないか。

思わせぶりな笑みを浮かべた助三郎に、

「なんじゃ……なにを勘ぐっておる」

光圀は詰問《きつもん》した。

「懲りておられませぬな……神田明神下で痛い目をみたではありませぬか。若返って娘たちと楽しもうとお考えでは……いや、よもやそのようなことは断じてないと思いますが」

断じて、を強調して助三郎は返した。光圀は「よけいなことを」とつぶやいて

から、

「断じてない……それに、わしは薬など不要じゃ」

と言い放った。助三郎は、慇懃無礼を絵に描いたような馬鹿丁寧な所作でお辞儀をして失言を詫びると、

「なるほど、薬に頼るのは老いた証。ご隠居さまのように薬をあてにしないのが、若さの秘訣でしょうな」

助三郎は言い置いて、光圀の面前を辞した。

「ひとこと、よけいなのじゃ」

光圀は渋面を作った。

どんな良薬を飲むより、苦い顔となった。

二

そのころ、側用人の柳沢出羽守保明は、江戸城西の丸下にある上屋敷の書院で、若い武士と対面していた。

裃《かみしも》に威儀を正してはいるものの、突き出た額に小さく丸い目、低い鼻という醜

悪な面相で、おまけに陰気な雰囲気を醸しだす男だった。

昌平坂《しょうへいざか》学問所で秀才と評される、大藪清蔵《おおやぶせいぞう》である。大藪は直参旗本二千石、大藪家の三男で、家督を継ぐ見込みがないことから学者を志し、勉学に励んだ。昌平坂学問所で優秀な成績を修め、柳沢の目にとまった。

大藪は、いずこかの旗本か大名に召し抱えられたいと願っている。柳沢の侍講に召し抱えられれば、これ以上の喜びはない。

上品な香炉《こうろ》の香りで鼻孔《びこう》をいっぱいに満たし、大藪は柳沢の言葉を待った。

羽織袴の略装に身を包んだ柳沢は、色白で細面に切れ長の目をした、いかにも切れ者のたたずまいである
柳沢はおもむろに切りだした。

「下田にエゲレス船が来航した。奴らは御公儀に対し、交易を求めてまいった」

「なんと……」

大藪は口をあんぐりとさせた。

幕府の官学、朱子学《しゅしがく》の熱心な学徒である大藪は、西洋人や西洋文化を嫌悪している。

「むろん、申し出に応じるつもりはない」

「そうでございましょうとも」

大藪は、ほっと安堵の表情を浮かべた。

「交易の一件はよいのだが、わしはおおいに由々しき問題を耳にした」

柳沢の切れ長の目が凝らされた。

「いかなることでございましょう」

柳沢の眉間《みけん》に刻まれた皺に、大藪は視線を注いだ。

「エゲレス船中にバテレン教徒どもがおり、バテレン教の布教にやってきたというのだ」

「なんという不届きな……」

大藪は戦慄を覚えた。

「許せることではない」

「御意にございます」

「上さまの御側近くにお仕えする者として、バテレン教徒なんぞに日本の土は踏ませぬ」

柳沢の声は上ずった。

沈着冷静な柳沢が、珍しく取り乱している。それは、大藪とて同様だった。見過ごしにできることではない。

「まったく、あいつらときたら、獣のごとき輩《やから》でございます。邪教《じゃきょう》を広め、日本の民を西洋の国の奴隷にする算段を抱いております」

大藪は突き出た額に汗を滲《にじ》ませた。

その険しい表情を確認すると、

「ところでそなた、下田奉行・内藤主水介《ないとうもんどのすけ》の要請を受けて、講義にまいるそうじゃな」

と、柳沢は大藪を手招きした。大藪は躊躇《ためら》いがちに膝を進める。

「そなた、エゲレス船を検分し、エゲレスがバテレン教の布教を企んでおるとの証をつかんでまいるのだ。さすれば、これからもエゲレスと交易などできぬことが、よりいっそう明確にできよう」

「は、はい……」

役目の重大さに、言葉が出てこない。膝から震えがせりあがってくる。

「よいな」

柳沢の目は、有無を言わさぬ強い光をたたえていた。

「承知いたしました」

そう答えるしかない。

「バテレンどもはかつて、わが国を侵そうと企んだ。戦国の世にだ」

「それは、わたしも存じております。バテレンどもは有馬《ありま》、大友《おおとも》といった西国《さいごく》の大名をたぶらかし、京の都では織田右府《うふ》に取り入り、勢力を拡大しました。しかし、その邪《よこしま》なる企ては、太閤の治世にて露見。太閤は禁令にしましたが、交易の実を取らんとしたがために、バテレン教徒を根絶やしにはしませんでした。それが仇《あだ》となったたか、奴らは信仰の根を張り続け、島原の乱へとつながってしまったのです」

語るうちに、怒りがこみあげてきたとみえ、またもや大藪はおでこから汗を滴《したた》らせ、拳を小刻みに震わせた。

「そのバテレンどもが性懲りもなく、ふたたび日本に布教せんと企てておるのじゃ」

「許せませぬ」

もはや自制心をなかば失っているのか、大藪は拳で畳を何度も叩いた。

「この役目、しかと頼んだぞ」

「御意にございます」

興奮のあまり頬を火照らせながら、大藪が答える。

柳沢はうなずき、

「それから、ついでと申してはなんじゃが、エゲレス船が積んでおる薬を買い求めてまいれ」

と、さもたいした用事ではないような言い方をした。

「承知しましたが……どのような薬でございましょう。また、エゲレス人から購入するということは、交易につながるのではないでしょうか」

「効能は存ぜぬ。西洋の薬を研究したい、と申す奥医師、本草学者の頼みじゃ。あくまで学問、研究の資料ゆえ、交易にはならぬ。エゲレス人とて、将来の交易より目の前の金に目が眩《くら》むはず。買い取ってまいれ」

勘定方に寄り、金子を受け取っていけ、と柳沢は命じた。


長月十日の昼下がり、助三郎は八兵衛《はちべえ》とともに下田にやってきた。八兵衛は彰考館に仕える奉公人で、働き者のうえに気が利くことから『しっかり八兵衛』というあだ名がついている。

下手な薬屋より、八兵衛を薬屋に仕立てるほうがよい、と判断したのだ。

東海道を西に向かい、三島宿《みしましゆく》から下田街道を南下した。韮山《にらやま》、大仁《おおとう》、湯ヶ島を通り、天城峠《あまぎとうげ》を越えた。さらに小鍋《こなべ》峠を越え、箕作《みつくり》、河内《かわち》を経て下田にいたった。江戸から約四十六里、五日の旅程であった。

助三郎は菅笠を被り、白絣《しろがすり》の小袖に裁着《たつつ》け袴、手中、脚絆を施して、打飼を背負っている。八兵衛も菅笠を被っているが、薬種の行商人風に荷は風呂敷に包んで背中にくくりつけ、小袖の裾をはしょり、杖を手にしていた。

八兵衛は、日本橋本町にある薬種問屋・伊勢屋の手代という設定だ。

ふたりは、まず下田港に向かった。海も町も明るい陽光に満ち満ちている。

「潮風が心地よいですな」

八兵衛は胸いっぱいに空気を吸いこんだ。

「まったくだ。江戸の乾いた土埃《つちぼこり》とは大違いだな」

そう心の底から助三郎は言った。

「どうします」

「まずは、エゲレス船がどのようなものか見てみよう」

「そうですな」

ふたりは海岸線を歩いた。廻船《かいせん》問屋が軒を連ねている。屋根瓦が強い日差しを弾き、真っ白な海鼠壁《なまこべい》が陽炎《かげろう》に揺らめいている。

下田には、二種類の廻船問屋があった。

船を所有せずに船番所に詰め、下田奉行所の役人の指示で、江戸へ出入りする船の荷改めをおこなう廻船問屋である。

もうひとつは、自前の廻船を持っている者たちで、米や塩、酒の問屋を営みながら、瀬戸内海や東北地方にまで商いの根を張っていた。

助三郎と八兵衛が歩いているのは、まさしく自前の船を持つ廻船問屋が軒を連ねる問屋街である。

問屋街は活気づいていた。人々の話を聞くうちに、エゲレス船は黒い船体の大きな帆船《はんせん》とわかった。

実際、下田のあちらこちらで「真っ黒い船だ」とか「黒船だ」という言葉が聞かれる。下田では、イギリス船を黒船と呼ぶことが定着していた。

しばらく歩いていると、左手に下田奉行所の船番所が見えた。

波が高く暗礁に阻《はば》まれ、船の出入りが困難であったため、これより二十数年後の享保《きょうほう》五年（一七二〇）二月、堀利喬《ほりとしたか》が下田奉行となったのを期に、浦賀《うらが》へと移転される。

役目は、武器や女、囚人などの江戸出入りを厳しく取り締まること、並びに荷改めである。下田奉行所から与力二名、目付役同心一名、同心組頭か見習いが一名、同心十二名が詰め、三方問屋を指揮して船改めをおこなった。

改めるにあたり、船の水主《かこ》ひとりにつき一匁《もんめ》八分を問料として徴収した。

助三郎と八兵衛は、二棟ある御船蔵の前を通りかかったが、船はつながれていない。次いで、いかめしい顔をした番士の前を通りすぎる。緊張感が漂っているようだ。

そのまま船番所を通りすぎ、湾の出入り口にまでいたった。

「あれですな」

八兵衛が前方を指差した。

助三郎も視線を凝らす。

なるほど、真っ黒い大きな船が停泊していた。船体とは対照的な真っ白の帆が、海風にたなびいている。帆柱はふたつ立っていた。

船の周囲を下田奉行所の船が円陣のように取り囲んで、監視の任にあたっている。数は容易には数えられない。

「壮観でございますな」

八兵衛が感嘆の声を漏らした。

「あれでは、エゲレス船から出てくるのは容易ではないよ」

「まったくです」

下田奉行所ばかりではない。土地の人間の話では、幕府の警護船もいるという。

「エゲレス船からの上陸も難しいでしょうが、こちらからも船に近づくことはできませんな」

八兵衛の言葉にうなずく。

「夜中なら大丈夫かな」

「おそらく、夜通しの監視でございましょう」

「それは……まあ、そうだろうな」

思案するように、助三郎は腕を組んだ。

「佐々野さま、ともかく宿にまいりますか」

「うむ、宿でじっくりと考えるとするか」

ふたりは、来た道を戻った。

潮風が肌を撫でる。海鳥が、うるさく紺碧《こんぺき》の空を舞っていた。波は穏やかだが、海は黒ずんで見通すことができない。底知れぬ深淵《しんえん》を思わせた。

「旅籠《はたご》はどこがいいかな」

助三郎が聞くと、

「前田屋という旅籠の評判がようございます」

八兵衛は即答し、しかもすぐ目の前が前田屋だった。しっかり八兵衛は、聞かれる前に助三郎を案内したのだった。

ふたりは、

「頼みたい」

と、玄関を入っていった。仲居をつかまえて、すすぎ湯で足を洗ってから階段をあがり、突きあたりの部屋に案内された。

「まずは風呂でも浴びるか」

助三郎の言葉に、八兵衛は承諾の返事の代わりに笑顔を見せた。

ふたりは旅装を解き、糊のきいた浴衣《ゆかた》に着替え、風呂に向かった。

風呂は、一階の裏庭に面した離れ家にあった。板敷きの脱衣所にある乱れ籠に浴衣を入れ、湯船に向かう。湯煙のなかに、何人かの人影が見える。

湯船に身体を浸した。

「いい湯だ」

空は暮れようとしていた。空色に萌黄色《もえぎいろ》が混じり、薄っぺらの月が浮かんでいる。そこへ紫色が忍び寄り、地平が紅く焼けていくように、色合いが見る見ると変化していく。

「旅の疲れが癒えていきますな」

八兵衛も頬をゆるめた。

役目を忘れ、しばし旅の楽しみに浸ると、

「黒船を照らして高し夜半の月」

そんな俳諧が、助三郎の口をついて出た。

八兵衛がおやっとなり、

「佐々野さま、俳諧をおやりになるのですか」

「いや、つい真似事を口走っただけだ」

照れてしまい、助三郎は早口になった。

心ゆくまで湯を楽しみ、のぼせそうになってから風呂を出た。

部屋に戻ると、食膳が運ばれた。開け放った窓から海風が吹きこみ、汗が心地よく引いていく。

「さあ、飯だ」

助三郎は弾んだ声を出した。旅といえば食事である。海の幸を楽しもう。

「うまそうですな」

八兵衛も笑みを浮かべた。

食膳には、鰺《あじ》の開きとたたきが載っている。ますます食欲をそそられた。

助三郎も八兵衛も、酒が届くと喜色満面となった。酒の肴《さかな》を楽しもうと、鰺のたたきを箸でつまむ。

すると、

「うう」

八兵衛はいやな顔をした。

「どうした」

丼に顔を突っこんでいた助三郎が顔をあげた。

「これ、ちょっと匂いますな」

八兵衛は、鰺のたたきを箸で指した。助三郎も箸でつまむと鼻先に近づけたが、

「大丈夫だろ」

と、意に介さずにいた。いや、食い意地がそれに勝《まさ》っているということだ。

「いけませんよ。やめておいたほうがいいですよ」

「大丈夫だ、これくらい」

助三郎は言うや、たたきを飯に乗せ口に運んだ。

「うまい」

さらに残りのたたきにまで手を出した。

「いやあ、満足」

助三郎は満面を笑みにした。

三

ところが助三郎の満足は、夜更けになって暗転をした。猛烈な腹痛を感じたのである。

「鯵があたったのですよ」

八兵衛は呆れたように言ったが、それで助三郎の苦しみが去ってくれるわけでもない。右手で腹を押さえ、額から脂汗《あぶらあせ》を滲ませた。

用意してきた腹くだしの薬を飲んではみたが、効き目はさっぱりだ。

「女将《おかみ》に、医者が泊まっていないか聞いてまいります」

八兵衛が廊下に出ると、

「あの、立ち入ったことですが」

と、若い男に引き止められた。身形のきちんとした侍風の若者だ。行灯の明かりに浮かぶ風貌は、ずいぶんと大人びているが、まだ少年と言ったほうがいいかもしれない。歳のころは、十五、六といったところか。

「なんでございましょう」

「わたしは隣室に逗留しておるのですが、ご同宿の方、だいぶ苦しまれておられるようですね」

「そうなのです。よせばいいのに、腐った魚などを食べるもんですから」

八兵衛は困った顔をした。

「わたしで役に立てるならと思いまして、少々医術を学んでおるのです」

「お医者さまでいらっしゃいますか」

「見習いの身ですが」

「ぜひともお助けください」

若者は自分の部屋に入り、すぐに薬箱を持って出てきた。八兵衛は自室の襖を

開け、

「佐々野さま、お医者さまですよ」

助三郎は返事もできないほどだ。若者は静かに部屋に入り、

「すみませぬが、白湯《さゆ》をもらってきてください」

八兵衛は通りかかった仲居に、白湯を頼んだ。

「仰向けに寝てください」

若者は、助三郎の腹に手を置いた。助三郎は苦痛に顔を歪ませたが、若者は慎重に触診を終え、

「食あたりに間違いないでしょう」

涼やかな瞳をまたたかせた。広い額は、若者の聡明さをたたえている。薬箱から紙に包まれた薬を取りだし、

「さあ、これを」

と、助三郎を抱きかかえた。

助三郎は勧められるままに、届いた白湯で流しこむ。すぐに効き目が現れるはずはないのだが、若者の落ち着いた所作、深い知識を感じさせる瞳に、信頼を覚えたせいか、幾分か楽になったようだった。

まさしく、病は気からである。

「ここに薬を置いておきます」

若者が腰をあげるのを、助三郎は呼び止めた。次いで、八兵衛に目配せした。

八兵衛は巾着を取りだし、

「お薬代はおいくらでございますか」

若者はやんわりと、

「不要です」

「そういうわけにはまいりません」

「いいえ、わたしは修業の身。それに、ここへは旅でやってまいりました。袖すりあうも多生《たしよう》の縁と申します。お気遣い無用です」

若者はすっくと立ちあがり、くるりと背を向けた。

「すみません、せめてお名前をお聞かせください」

八兵衛の言葉に、若者は振り返った。目が合うと、助三郎のほうから、

「わたしは水戸徳川家の家臣、佐々野助三郎と申します」

と、素性を告げた。

八兵衛も、

「わたしは、水戸さま出入りの薬種問屋の手代で八兵衛です」

若者は静かにうなずくと、

「わたしは仙台藩伊達家中の、今野《こんの》悦太郎《えつたろう》と申します。目下、江戸にて医術の修業をしております」

「今野さまと申されますか。このたびは、まことかたじけない。役目の途中とあって難儀しておりました」

助三郎は布団に正座をして頭をさげた。

「なんの、苦しんでいる者を助けるは医者の務め。あたりまえのことをしたまでです。明日は粥《かゆ》、もしくはうどんといった、やわらかな物を食してください」

今野は別段、誇る風でもない。淡々とした所作で言うと、軽やかな足取りで部屋を出ていった。

「よかったですな」

「まこと」

八兵衛に言われるまでもなく、心の底から助三郎は感謝していた。

「食い意地を張るからですよ」

八兵衛の言うとおりである。

「わかっておる」

不貞腐れたように言い、横になった。

「明日以降は慎まれることですな」

「ああ」

助三郎は目をつむった。旅籠から賑やかな語らいの声が聞こえる。みな、イギリス船のことを話していた。

「厠《かわや》だ」

助三郎が布団から起き、厠へと急ぐ。この晩、それが何度か繰り返されていた。

「さて、寝るか」

眠る間際の助三郎の脳裏に、今野悦太郎という若者が深く刻まれた。

朝になり、

「だいぶ楽になった」

助三郎は、昨晩とは打って変わった晴れやかな顔だ。すると、たちまち、

「腹減ったな」

と、空腹を訴える始末である。

「まもなく朝餉が運ばれます」

やれやれといった様子で、八兵衛が言った。

「早く腹ごしらえをして、探索に出たいものだ」

助三郎は窓から顔を出し、胸いっぱいに空気を吸いこんだ。

潮の香りが全身を駆けめぐり、生きた心地に包まれる。江戸では感じることのない、生命の息吹のようなものを感じた。

朝だというのにぎらぎらとした日差し、藍色にたゆたう海、抜けるような青空に真っ白な鱗雲《うろこぐも》、それらを彩る海鳥の群れ……すべてに命のきらめきがある。

やはり、海はいい。

国許の鹿島灘の海を思いだした。

「お待ちどおさま」

仲居の声がし、

「おお、待ちかねた」

助三郎は喜びの声を溢れさせた。

「どうぞ」

仲居が持ってきたのは、土鍋である。

「ほほう、朝から鍋か。きっと、このあたりの魚を使った漁師鍋だな」

助三郎は喜色満面で、土鍋の蓋《ふた》を開けた。ところが、魚も野菜もなかった。あるのは、入道雲にも負けぬほどの真っ白な飯である。

それも水気を含んだ塊《かたまり》だ。

「なんだ、粥ではないか」

助三郎が批難の目をすると、

「粥ですけど」

仲居は当惑の表情を浮かべながら、八兵衛を見た。

「わたしが頼んだのです。今日は無理をしてはいけませんぞ」

今回ばかりは、八兵衛のしっかりぶりが恨めしい。

「いや、もう治ったのだ」

「それがいけません。自分を過信して好き勝手に召しあがっては、ふたたび腹をくだします。それでは元も子もありません。なにも、佐々野さまだけに食べさせようというのではありませんので。わたしも粥をいただきます」

八兵衛は碗に粥をよそった。それに梅干を載せて、助三郎に出した。

「梅干しひとつか……」

助三郎は拒絶しようとしたが、

「これで十分ですよ」

八兵衛は仲居に言うと、仲居はかかわりになるのを避けるように、

「ごゆっくり」

と出ていった。

「うまいですぞ」

先に、八兵衛はみずから粥を食してみせた。

「そんなはずはない」

「今野先生がおっしゃったのです。今日一日は粥かうどんになされ、と。ここは我慢です」

そこまで言われれば、いつまでも拒絶しているのがいかにも大人げない。

自分はわがまま放題の光圀ではないのだ、と思い直す。

碗を手にして、ふうふう言いながら口に運んだ。

塩気がきいている。外の潮風といい粥といい、これでは塩漬けになりそうだ。

歯応えがなく、食べた気がしないまま粥を食する。

すると、

「御免」

潮風のような、さわやかな声がした。今野に違いない。八兵衛が襖を開け、中に導いた。今野は機敏な所作で、助三郎の前に座った。

「昨晩はどうもありがとうございます」

助三郎は碗を置き、頭をさげた。

「だいぶ、よくなられたようですね。顔色がずいぶんとよい。瞳も生き生きとしておられる」

今野は優しく微笑んだ。

今野の言葉に応えるように、助三郎はどんぐり眼をくりくりと動かし、梅干しにも負けない真っ赤な唇をきりりと引き結んだ。

我ながら、単純だと思う。

「先生のおかげで、すっかり元気になりました」

あらためて助三郎は、感謝の言葉を述べたてた。

「それはよかったですが、先生はやめてください」

今野は頭を振った。

「このとおり、食欲も出てまいりましたよ。ですから先生、粥なんぞではなく、普通に食事をしたいのですがね」

　助三郎は訴え、八兵衛にも思わせぶりな顔を向ける。今野の許可さえ出れば、粥なんぞ食べなくてもいいだろう。が、案に相違して、

「いや、あまり無理はなさらんほうがいい。少なくとも今日は粥、うどんなどで済まされることです」

　今野の無情な言葉に、八兵衛はくすりと忍び笑いを漏らした。助三郎は苦い表情を浮かべ、粥をすすった。

「ずいぶんとお若いのでしょう」

　八兵衛が、今野に話しかける。

「もう十六です」

「いやはや、しっかりしておられます」

「父が藩医でした。江戸で蘭方を学んでおったのです」

　昨年、その父が他界し、今野も医者になるべく江戸で修業しているそうだ。医術だけではなく、西洋の文物に興味を抱き、イギリス船が来航したと耳にして、下田にやってきたという。

　まさに好奇心真っ盛りの今野に、助三郎も八兵衛も好感を抱いた。

四

一方そのころ、大藪清蔵も下田船番所にやってきていた。

素性を明かすと、与力休息所に通された。

時を経ずして、与力の小柳修一郎《こやなぎしゅういちろう》が現れた。

大藪は、やや緊張の面持ちとなった。

「よくぞお出でくださいました」

小柳は大藪に敬意を表し、丁寧な挨拶を送ってきた。大藪も悪い気はしない。それどころか、これまでに感じたことのない優越感に浸れた。

「大変な騒ぎでございますな」

「まったく、迷惑な話です。おかげで、船番所はてんてこまいです」

「さもありなんですな。まったくもって、迷惑千万な紅毛人どもです」

「我らは、エゲレス人の様子を報告せねばなりません」

という小柳の言葉を受け、

「じつは拙者、講義のかたわら、柳沢出羽守さまからエゲレスの船の様子を検分してくるよう申しつかってまいりました」

柳沢の名を強調した。

「そのことは、御奉行からお聞きしました」

さすがは柳沢、手まわしがよい、と大薮は感心した。

「畏れ入ります」

「では、さっそく船に乗りこむとしましょうか」

「そうですな……」

ここまで話が早いと、イギリス船に乗ることがなんだか不安になってしまい、大薮はつい口ごもってしまった。

「おいやですか」

「いや、そういうわけではござらん」

意気地なしと思われてはたまらぬと、強い口調で返した。が、気が進まないのは見え見えだろう。無用の言いわけめいた言葉を口に出すことになった。

「わたしは、あいにくとエゲレスの言葉を解しませんからな。船に乗りこんだところで言葉がわからぬでは、はて満足な調査ができぬのでは……と危惧したのでござる」

小柳は破顔し、

「それなら、ご心配には及びません。拙者、これでもオランダ語を解します。幸い、エゲレス船……ブラウン号と称しておりますが、船長のジョンソンと申す男にオランダ語が通じます。ですから、わたしが通詞《つうじ》となりましょう」

「それは心強い。これで柳沢さまのご期待に応えられそうです」

「そう言ってくださると、やり甲斐がございます」

ここで大藪は茶をすすり、

「ところでそのエゲレス船ですが、ちとまずい噂を聞きました」

「ほう、どんなことです」

茶碗を口に運んだ小柳が、途中で止めた。

「エゲレス船に、バテレン教徒が乗りこんでいるという噂です」

さも重大事を漏らすかのように、大藪は声をひそめた。

ところが、小柳は、

「それは、そうかもしれません」

まったく驚いた様子はない。江戸へ出入りする船を監視する役目にしては、いささか、いや、おおいに無神経というものではないか。

「これは問題ではないのですかな」

「ですが、西洋人の多くはバテレン教の信徒です」

「だから、由々しきことではござらんのか」

「問題となるのは、エゲレス人どもがわが国で布教活動をした場合、ということでございましょう」

小柳から危機感は感じられない。大藪はこみあげる怒りを、茶と一緒に飲みこんで、

「万が一、布教活動があきらかになってからでは、遅いのではござらんか」

「それはそうでござるが……」

大藪が重々しい物言いをしたためか、小柳は考える風になった。

「それと、日本国内の地下深く潜行しておるバテレンどもが、エゲレス船に接触しようとしているとの情報もございます」

そんなことは聞いたことはないが、これくらい言わなければ、この能天気な役人の目を覚まさせることはできない。

「ほう、そのような情報が」

小柳は目を白黒させた。

「柳沢さまは、いたくご心配なさっておられるのです」

「なるほど」

ようやくのこと、小柳は真剣な表情を浮かべた。

「よって、バテレンどもの出入りにも目を配るべきと存じます」

「わかりました。そのような者が出入りせぬよう目を光らせておきましょう」

「しかと頼みます」

大藪は腰をあげた。

「では明日、旅籠にお迎えにまいります。どちらへ逗留なさってますかな」

「前田屋でござる」

「承知つかまつった」

小柳に見送られ、大藪は玄関に出た。すると、玄関先に若い侍が立っている。前田屋に泊まっていた男だ。なんとなく様子をうかがうと、

「拙者、仙台藩士の今野悦太郎と申します」

と、小柳に一通の書状を手渡した。いずこからかの紹介状のようだ。大藪は玄関を出て立ち去ろうとしたが、

「医術と蘭学など、西洋の学問を学んでおられるのですな」

という小柳の言葉が耳に入り、今野に興味を、いや、不快感を覚えた。

大藪は樫《かし》の木の木陰に身をひそませ、今野の様子を探った。

「ぜひとも、エゲレス船を見物したいのでござる」

「いや、それはできぬ」

小柳は渋い顔をした。

「そこを曲げてなんとか」

「できぬものはできん」

「通詞というのはどうです」

「貴殿、エゲレスの言葉を解せるのか」

「いえ、オランダの言葉です。ですが、漏れ聞くところによりますと、日本にやってくるエゲレス人のなかには、オランダの言葉を解する者もいるとか」

「それは……」

つい小柳は口ごもってしまった。さきほど大藪に、同じことを言ったばかりだ。

「いかがですか。わたしを船に乗せていただけませんか」

「いや、やはりできぬ。それに、通詞は間に合っておる」

小柳はきっぱりと首を横に振った。

「どうあってもですか」

「ならん」

「そこを曲げて、どうかお願い申す」

地べたに土下座をして、今野は額を土にこすりつけた。

「このとおりでござる」

あたかも、年貢軽減を直訴をする百姓さながらの必死さだ。しかし小柳も、歴とした下田奉行所の与力である。自分の立場を考えれば、許可などできるはずもない。

小柳は、くるりと背中を向けた。

今野は小柳にすがりついた。これは、かえって逆効果だった。

「離しなされ。これ以上、訴えを続けると、仙台藩伊達家中のためになりませんぞ」

小柳は目をつりあげた。

「それは……」

「海外渡航は御法度」

「海外渡航ではございません。湾内に停泊中のエゲレス船を見学するだけです」

「御公儀の許可もなく、交易もしていない国の船に乗りこむなど、許されるはずがないでしょう。だいいち、仙台藩とてお許しになってないのでは」

「では、藩を離れます」

「馬鹿なことを申されるな。潮風にでもあたって、頭を冷やしなされ」

小柳は玄関の上がり框《かまち》に右足をかけ、足早に歩き去った。

今野は立ちあがり、唇を嚙んだ。袴に付着した泥を払う。しばらく恨めしそうに虚空を睨んでいたが、やがて肩を落として門に向かった。

その後ろ姿に、

「失礼つかまつる」

大藪は声をかけた。

「はあ……」

振り返った今野は、魂の抜け殻《がら》のように虚ろな目をしていた。

「貴殿と同じ宿に滞在しておる者で、大藪清蔵と申す。公方さま、御側用人柳沢出羽守さまの名代として、下田にまいりました」

使い走りに過ぎないのだが、自分を大きく見せようと名代と名乗った。

が同時に、それが柳沢の耳に入ることも危ぶみ、

「いや、名代ではなく、柳沢さまより重要な役目を託された……」

と、あわてて訂正した。

「はあ……」

今野は戸惑っている。

「ところで貴殿、蘭学を学んでおられるとか」

「はい」

「なぜ、そのような西洋の学問などを学ばれる」

「西洋には、わが国にない高い技術、医術があるからです」

「西洋などに日本に勝る技術、医術などあるはずはない」

大藪はむきになって否定した。

「そのようなことはございません」

少年の名残がある瞳を凝らし、今野は言いたてた。今野の勢いに押され、大藪はつい口ごもってしまう。

「医術ばかりではござらん。武器におきましても、わが国の種子島銃、大筒をはるかに淩《しの》ぐ銃や砲がございます」

「馬鹿な……」

舌打ちをしつつ、大藪は繰り返した。

「馬鹿な、ではございません。まことのことです。もう少し西洋の書物にも、目を通されてはいかがですか」

小柳に邪険にされた怒りをぶつけるかのように、今野は感情を高ぶらせた。

対する大藪は押し黙って暗く目を濁《にご》らせ、この若い蘭学者のことを、

――西洋かぶれめ。

と、内心で毒づいた。

五

そのころ、助三郎は八兵衛とともに、薬種を商いとする廻船問屋の湊屋《みなとや》を訪れた。湊屋は下田にあって、かなり大きな廻船問屋だった。

間口には多数の使用人がいたが、湾の出入り口をイギリス船とそれを監視する奉行所、幕府の命を受けた藩の船がどっかと腰を据えているとあって、船が使えず、暇であるようだ。

八兵衛は手代に、主人への取次を頼んだ。引き続き、助三郎は水戸家の使い、

八兵衛は薬種問屋の伊勢屋の手代と名乗っている。

すぐに、市兵衛《いちべえ》が姿を現した。四十路に入ったばかりの日に焼けた男だ。太い眉が穏やかな面差しには、ひどく不似合いに見える。

市兵衛は、店の裏にある母屋にふたりを導いた。

客間に通され、助三郎はここで膝を進めた。

「じつは、今回来航しておりますエゲレス船が、いかなる頭痛にも効く妙薬を持ちこんでおると聞きました。御老公がぜひにも手に入らぬものか、と欲しておられます。それゆえ、江戸からやってきた次第です」

市兵衛はしばらく考えていたが、

「その薬なら、蓬莱屋《ほうらいや》さんが手に入れたようですよ」

と、ぽつりと言った。

「蓬莱屋さん、ですか……いったい、その薬はどのようなものなのでしょう」

「さあ存じません。蓬莱屋さんで聞いてください」

「わかりました。そうさせていただきます」

「紹介状を書きましょう」

市兵衛は気軽に請けあってくれた。

「かたじけない」

市兵衛は文机に向かってしばらく筆を使い、文をしたためた。蓬莱屋の主人、仙右衛門《せんえもん》宛である。

助三郎がふたたび礼を言うと、市兵衛はやわらかな笑みを浮かべた。

「では、これにて」

立ちあがった助三郎を、市兵衛が思いついたように引き止める。

「少々、気になることがございます」

助三郎も八兵衛も浮かした腰を落ち着けた。

「なんでござろう」

「水戸の御老公さまと伊勢屋さんは、その薬をどうしても求められますか」

さきほどまでとは違い、市兵衛の表情はおおいに曇っていた。

「そのために江戸からまいったのですから」

「それはお聞きしましたが」

市兵衛は煮えきらない。

「どうされた」

こうなると、聞きださないことには去るに去れない。

「その薬について、よからぬ噂が出ておるのです」

市兵衛はあたりをはばかった。助三郎は黙って話の続きをうながす。

「使った者が夢見心地になる、ということです」

「まさか、阿片《あへん》……でござるか」

助三郎はつぶやいた。

「まさしく」

市兵衛もうなずく。

「なんと、エゲレス船は阿片を持ちこもうとしておるのか」

「阿片が日本に広まれば、退廃《たいはい》がはびこりましょう」

顔を歪ませた八兵衛が、口をはさんだ。

「そうです、亡国《ぼうこく》の薬です。伊勢屋さん、それを聞いても手に入れられますか」

いまや、市兵衛の口調は非難めいていた。

「いや……手に入れるというよりは、流出することを防がねばなりませんね」

「そのとおりです」

「蓬莱屋さんは、阿片と知って手に入れたのですか」

ここで助三郎が疑問を呈した。

「いいや、さすがにそれはないかと思います」

市兵衛としては、同業者をかばうのは当然であろう。

「ともかく、行ってみなくては」

助三郎は八兵衛をうながした。

「かたじけない。江戸に出てこられた際には、ぜひお声をおかけください」

八兵衛は礼の言葉とともに言い添える。

市兵衛に見送られ、助三郎と八兵衛は湊屋をあとにした。

「阿片とは驚きましたな」

八兵衛が声をかけてくる。

「御老公がお聞きになれば、さぞや驚かれるだろう。頭痛に効くというのは、要するに神経を麻痺させるということなのかもしれんな」

「そのとおりだと思います」

「それにしても、蓬莱屋はエゲレス船から、いかにして阿片を手に入れたのか。エゲレス船から下田への上陸はできなかったはずだ」

「夜陰にまぎれて、でしょうか」

八兵衛は言いながらも、黒船が多くの船団によって囲まれていることを思いだ

したか、

「それも難しいですな」

と言い添えた。

「ともかく、蓬莱屋に行こう」

助三郎は歩速を早めると、八兵衛も小走りになった。

「ごめんください」

助三郎が蓬莱屋の手代に、市兵衛からの紹介状を手渡した。手代は受け取るなり、

「あいにくと主人は留守でございます」

と、困惑の表情を浮かべた。

「どちらへ行かれたのかな」

手代は首をひねり、

「さあ、存じません」

「いつ、お帰りになるのですか」

「それも存じません」

「主が外出するのに、なにも言付けていかれなかったのですか」

ややや、語調を強めると、

「そんなことを申されましても……」

手代は混迷の度合いを深めるだけである。これ以上、粘っても、仙右衛門の所在はつかめそうにない。

「では、仙右衛門さんが手に入れられた、エゲレスの薬について教えてくださらぬか」

またも、手代はかぶりを振り、

「そのような薬は存じません」

「そんなことはないでしょう」

助三郎が詰め寄ると、

「存じません」

手代は、さらに語気を強めて繰り返すばかりである。

「蓬莱屋さんが手に入れた、と聞いたのですがね」

「誰ですか、そのような出鱈目を申されておられるのは」

「それは申せません」

「誰です」

今度は、手代が詰め寄ってきた。

助三郎はいなすように手代から視線を外すと、

「では、仙右衛門さんがお戻りになるまで待たせてください」

手代も市兵衛の紹介状がある以上、無下にはできないと判断したようで、ふたりを店の座敷に導いた。

「申しておきますが、いつ帰るかわかりませんよ」

手代は念押しをした。

「かまいませんよ」

助三郎にも、こうなったら意地だという思いがある。八兵衛などは長期戦を覚悟したのか、懐紙と矢立てを取りだし、俳諧の心吟《しんぎん》に入った。どうやら助三郎に影響されたようだ。

それを見ていると得意になり自分もひねろうとしたが、うなるばかりで一句も浮かばない。

男ふたりが虚空を見つめてぶつぶつ口を動かす様は、じつに滑稽であった。

六

結局、夕暮れまで待ったが、仙右衛門は戻ってこなかった。ちなみに、助三郎も八兵衛も一句も詠めていない。

ふたりはやむなく、蓬莱屋を出た。

「なにかあったのですよ」

「う～ん」

「どうします」

「腹が減った。まずは宿に戻って、粥でもすすろう」

助三郎が言うと、八兵衛は肩をすくめた。

そのまま歩きだそうとすると、蓬莱屋の店先で恰幅のいい男と出くわした。丁稚や手代たちが、

「お帰りなさいませ」

と、腰を折った。これはもしや、と助三郎は男に近づき、

「蓬莱屋仙右衛門さんですね」

「そうですが」

仙右衛門は、まじまじと見返してきた。

「水戸徳川家の佐々野助三郎と申します」

すかさず八兵衛が、湊屋からの紹介状を差しだす。

「ずっとお待ちしておったのです」

八兵衛はわざと声を上ずらせた。仙右衛門は戸惑いの表情を浮かべたが、

「まあ、中へ入ってください」

と言い、店の中に入った。助三郎と八兵衛も続く。戻るようにして、さきほどの座敷に通された。

「わざわざ江戸からお越しくださったのは、どのようなご用件でしょう」

仙右衛門は、本音を悟らせぬようなとぼけた物言いである。

「いま下田沖に停泊中のエゲレス船が持ちこんだ薬を、蓬莱屋さんは手に入れられたとか」

助三郎は問いかけてみたが、仙右衛門は黙っている。つかみどころのないもどかしさを感じながらも、

「その薬に興味を抱き、ここまでまいりました。で、その薬ですが、漏れ聞くと

ころでは阿片とか……」

丁寧な物言いながらも、助三郎は目に力をこめた。どんぐり眼がくりくりと動き、真っ赤な唇が固く閉じられた。

仙右衛門の目元がぴくりと動いたあと、

「阿片……まさか、悪いご冗談でございましょう」

と、動揺をごまかすように笑いだした。

「阿片ではござらんのですか」

目を凝らしたまま、助三郎は問いを重ねる。

仙右衛門は助三郎を見返し、

「もちろんですとも。御船番所から預けられたのですからな」

「預けられた、と申されると」

「エゲレス船は、交易をおこないたいと申しております。その際、船長のジョンソンというお方が、参考のために珍しい薬物をいくつか奉行所に献上したのですな。その薬種のうちのいくつかを、実際に使えるかどうか検分せよ、と船番所から渡されたのでございます」

「では、その薬種はいまお持ちなのですね」

「もちろんございます」

仙右衛門はけろっとしたものだ。

「見せていただきたい」

「それは……」

「まずいものなのですか」

「そのようなことはありません」

むっとした風に、仙右衛門は否定した。

「それならば、かまわんでしょう」

決して引きさがらない、という意志を示すように、助三郎は身を乗りだした。

「そうまでおっしゃるのなら」

根負けしたように仙右衛門は立ちあがると、小僧を呼んだ。薬を出してくるよう言いつけると、

「かたじけない」

助三郎も一応は礼を述べた。

「茶でも飲んで待ってくだされ」

「頂戴します」

八兵衛が返事をした。

やがて、棺桶《かんおけ》ほどの大きさの木箱が運ばれてきた。

さっそく仙右衛門が蓋を開ける。

「これは、きらびやかですね」

八兵衛が感嘆のため息を漏らした。箱の中には、あざやかな色彩が施された陶磁器がいくつもあった。

「西洋の茶壺です」

仙右衛門はひとつを持ちあげ、助三郎に示した。

「中をご覧ください」

言われるまま蓋を開けると、赤黒い色の乾いた葉が詰まっている。なにかはわからないが、少なくとも阿片ではない。

「これは……」

助三郎が訝《いぶか》ると、

「もう少しお待ちいただけますかな。いま用意させていますから」

仙右衛門は謎めいた笑みを漏らした。

そこへ、女中がお盆を運んできた。

「これは西洋のお茶です。エゲレスでは好評だそうですよ」

茶碗に注がれた赤い液体を示した。

「紅毛人が飲むだけあって、茶も紅いですな」

八兵衛が納得したようにうなずいた。

「これを、入れます」

砂糖を勧めた仙右衛門に、八兵衛は即座に反応した。

「エゲレスでは、茶に砂糖を入れるのですか。なんと贅沢な」

とりあえず、助三郎は砂糖を入れずに飲んでみた。たちまちに顔をしかめ、

「苦い、飲めたものではない」

と、茶器を畳に置いた。

勢いよく置いたため、紅茶がこぼれて助三郎の指にかかった。

「あ、ちちち」

濡れた親指を口の中に入れる。

「ですから、砂糖をお勧めしたのです」

仙右衛門はしたり顔である。

同じ轍は踏まないとばかりに、八兵衛は砂糖を入れようと盆に視線を落とした。

「これをお使いなされ」

銀色の匙《さじ》を取りあげた仙右衛門は、砂糖の詰まった壺から二杯をすくって、自分の紅茶の中に入れてみせた。次いで、匙でぐるぐるとかき混ぜる。

さっそく八兵衛も真似てみると、ひと口すすった。

「これはうまいですぞ」

八兵衛の頬はゆるみ、絶賛の言葉が漏れた。

助三郎も、おっかなびっくり真似てみる。口中に甘味が広がり、不思議とほっとした気分にもなる。茶というものが持つ力は、西洋も日本も同じなのかもしれない。

「う～ん、これはまろやかかな」

たしかに贅沢ではあるが、飲んでみると病みつきになりそうだ。

光圀の土産にするのもいいかもしれない。

果たして光圀は、どんな顔をするだろうか。砂糖を入れるお茶など贅沢だ、と嫌うのではないか。

いや、明国渡来の舜水麵《しゅんすいめん》を気に入り、みずから調理する光圀だ。珍奇なものへの好奇心は強い。案外と気に入るのかもしれない。

「西洋では、このような茶を飲みますが、同様に天竺《てんじく》あたりでも飲まれておるようです」

「ほう、これがね」

助三郎はしげしげと眺めた。湯気の立ちのぼる紅い液体の魅力に、なんだか引きこまれそうだ。

「日本においても、広く飲まれるようになるのでしょうな」

仙右衛門は自信に満ちた物言いだ。

「これが、エゲレス船からもたらされたのですな」

「そういうことです」

「では、阿片はまったく関係ないのですね」

どうしても気にかかり、助三郎は蒸し返して確認した。

訝るように眉根を寄せた仙右衛門は、

「ですから、それは根も葉もない雑言です。おそらくは、わたしがこの茶を手に入れたことを妬《ねた》んでおるのでしょう」

いかにも心外だと言わんばかりだ。

「なるほど、そういうことですか」

それ以上は追及せず、納得したふりをした。

「……ところで、佐々野さまはなぜ阿片と疑われたのですか」

助三郎の阿片へのこだわりを、仙右衛門も気にしだしたようだった。

「エゲレス船には、頭痛にも効く薬があると聞いたのですよ。頭が割れるような痛みにも効能を発揮する薬となれば興味を抱くものですぞ」

助三郎がもっともらしい理由をつけると、すかさず八兵衛が、

「水戸さまは彰考館で、休みなく大日本史編纂を進めておられます。館員のみなさまも莫大な史料を読みこみ、文を書き続けておられます。肩が凝り、目が霞《かす》み、頭痛持ちとなられる方々はあとを絶ちません」

しっかりと、助三郎の話に信憑性を持たせてくれた。

仙右衛門は納得したようにに何度かうなずいたが、

「頭痛に利く薬が、阿片だと申されるのか」

と、あらためて阿片を否定するかのように厳しい表情となった。

「阿片は人々を夢うつつに導き、妙な快楽を見せるそうですな。わたしは、それで頭痛から逃れられると考えたのですが、勘繰りですか」

助三郎が確かめると、

「断じて阿片ではありません。そのような亡国の薬、まっとうな薬種問屋が扱うはずがございません」

怖い顔をする仙右衛門に、

「失礼しました」

ひとまず、助三郎は非礼を詫びた。

「手前どもに阿片を求めてこられたのなら、とんだ無駄足でございましたな」

仙右衛門は腰をあげた。怒声こそあげなかったが、目つきはすっかりと陰気なものになっていた。

もはや、とりつく島もなかった。


ふたたび助三郎と八兵衛は、蓬莱屋を出た。

「仙右衛門が申したこと、まことですかな」

八兵衛の疑問にも、助三郎は即答できない。

「どうであろうな」

「いかにして真実を確かめましょう」

「……エゲレス船に乗りこむか」

「えっ、そんなことできましょうか」

八兵衛は、沖合に停泊するイギリス船を見やった。相変わらず、周囲を下田奉行所の船が取り囲んでいる。ここから見るかぎり、寸分の隙もなかった。

七

翌日の昼下がり、大藪は下田奉行所与力・小柳修一郎とともに、船番所の御船蔵に停留させた船に乗りこみ、イギリス船に向かった。

円陣になって取り巻いている船の間を縫い、ようやくのこと船に乗りこむ。

揺れる甲板によろめきながら、大藪は船内を歩いた。

そこへ、船長であるジョンソンが姿を見せた。六尺はあろうかという大柄な男で、赤毛である。おおげさな身振りで、握手を求めてきた。

これも役目だと、大藪は我慢して右手を差しだす。ジョンソンの毛深い腕で、しっかり握手された。あたかも、大きな手のひらで握りつぶされるかと思われ、全身に虫唾《むしず》が走った。

これが同じ人間か。

いったい、どんな暮らしをしているのだ。なにを食べれば、こんなに大きな身体になるのだ。こんなに醜《みにく》い面構えになるのだ……。

もちろん、日本にも大きな身体の男はいる。醜男《ぶおとこ》もいる。自分の面相だって、醜い。

しかし、この者たちとは、造りがまったく違う。

全身から漂う獣臭。

なんたる汚《けが》らわしさ。

――こんな男たちに、日本の土を踏ませてはならん。

強烈な使命感が湧きあがる。

小柳は、すでに親しくなっているのか、船員たちと何事か語らっている。そばに寄りたくもない。

大藪の横を、水夫がすり抜けていく。なにやら棒を使って、床を磨きはじめた。棒の先には、布切れをつけている。

なんという怠慢。床を磨くならば、雑巾がけをすべきではないか。それをこの紅毛人どもは、楽をしようと手抜きの道具を使い、しかも鼻歌などを歌いながら掃除している。おまけに、床には気持ちの悪い真っ白な液体が滲んでいた。

嗅いだことのない臭いが立ちのぼってくる。

そんな異臭が潮風と混じり、揺れた甲板と相まって、ますます気持ちが悪くなってきた。来るのではなかった、という後悔が胸をつく。

「シャボンでござるよ。掃除に使うのは、ブラシというものです」

小柳が解説をした。

そんなことを聞いても、嫌悪感が去るものではない。

「では、船内を案内しましょう」

小柳に言われたものの、気が進まない。だが、それを紅毛人に対して臆したのかと思われては癪だ。

「では、案内いただこう」

精一杯の虚勢を張るように、胸を張った。

大藪と小柳はジョンソンの案内で、船内を見てまわった。ジョンソンは敵意がないことを示すためか、ブラウン号に搭載してある武器を見せた。

「巨砲ですな」

真っ黒な銅製の筒を、小柳が撫でた。大藪は書付に筆を走らせる。

「種子島が四丁、中筒二丁、長筒二丁ですな」

小柳は、大藪が書きとめやすいように声を出した。それらを、大藪はひたすら記していく。船の大きさは幅二間半、胴長十二間ばかりだ。

次に、船室に案内された。大きな机がある。そこには、ギヤマン細工の器に入った酒があった。まるで血のような色だ。

葡萄酒である。大藪も、西洋人が葡萄で作った酒を飲むことは知っていたが、口にしたことはない。飲みたくもなかった。

ジョンソンは愛想笑いを浮かべ、ギヤマン細工の酒器に葡萄酒を注ぎ、大藪や小柳の前に置いた。そのまま酒器を頭上に掲げる。

ひと口飲んだ小柳は、ほう、という顔をしながら、

「血のような色ですが、なかなかに美味ですすぞ」

臆したと思われるのがいやで、大藪も無理やり口に流しこむ。

「うう」

思わず、むせた。咳が出てくる。

「無理なさいますすな」

小柳に背中をさすられた。ひどい胸焼けがする。頭の芯が、ぼっとしてきた。二杯目を勧められたが、とうてい受け入れられるものではない。

「船員たちの暮らしぶりを見ますか」

その場を取り繕うように、小柳に提案された。

嫌悪感が募ったが、同時に好奇心も湧いた。それよりなにより、バテレン教徒探索の任務がある。

このまま船を離れてしまっては、なんのためにやってきたのかわからない。

「そうですな」

大藪はみずからを鼓舞《こぶ》し、小柳とともにジョンソンの案内で船室を出ると、階段をおりた。船底に、船員たちが暮らしている部屋があるようだ。

おりたとたんに、ものすごい臭気がした。ジョンソンから感じていた獣臭とは比較にならない、濃厚な臭いである。

「うう」

思わず懐紙で鼻を覆った。

衣類が乱雑に取り散らかった床を掻き分け、ジョンソンは進んでいく。酒樽や大きな木箱が、いくつも置かれていた。

ジョンソンはそのなかのひとつの木箱を開け、小柳に向かって何事か早口にまくしたてている。

「これは、エゲレスの小間物です。首からさげるのです」

小柳は首飾りを手にした。きらびやかな装飾が施されている。それから、これは腕輪だ、と金属製の装飾品を手に取った。大藪に興味はない。

「それから、これは西洋の茶です」

紅茶を示す。さらには、珍しい衣類を見せてきた。西洋画で見た、向こうの王侯貴族が身に着けている衣類だ。

「これはどうです」

宝石を散りばめた金属製の磔柱《はりつけばしら》のような物を、小柳は取りだした。

これだ、と大藪は思った。

バテレン教徒が手にしている仏具だ。

「クロスと言います」

小柳が言ったとたん、

「これは、バテレン教の仏具でござろう」

大藪は甲走った声を出した。大藪の形相が変わったことに気づいたジョンソンは訝しんだが、小柳はとりなすように、

「形はそうですが、あくまでも小間物の類ということですから」

「そんなことではごまかされん」

ますます大藪は激した。

船員たちが、大藪の怒鳴り声に首を傾げながら近寄ってくる。大藪はそれを威圧ととらえた。

「な、なんだ。この紅毛人どもめ」

跳ねのけるように、なおも大藪は怒声を浴びせる。

船員に悪気はないのだろう。ひとりがクロスを取り、きらびやかな装飾品を見せつけるように、大藪の前に突きだした。

「無礼者」

大藪はクロスをもぎ取ると、床に叩きつけた。

さすがに船員たちは顔を真っ赤にし、大藪の胸ぐらをつかんだ。

あわてた小柳が、やめるようジョンソンに言う。ジョンソンが船員を宥《なだ》めると、胸ぐらをつかむ手が離れ、大藪はその拍子に床に転げた。

「おのれ」

とうとう大刀を抜いた。めったやたらと振りまわす。すぐに、小柳が止めに入った。

「落ち着かれよ」

大藪はそれでも大刀を振りまわした。その拍子に、小柳の胸に刃が走った。着物の懐が切り裂かれ、入れていた袋がむきだしとなる。袋から、黒い土のような物がこぼれた。怪訝《けげん》な顔をする大藪に、

「黒砂糖でござる」

小柳はあわてて袋を拾った。それから、大藪に厳しい目を向け、

「刃傷沙汰はおやめなされ。異人を殺傷しては、重大事ですぞ。貴殿が切腹するだけでは済みません。柳沢出羽守さまにも、ご迷惑が及びましょう」

柳沢の名を出した小柳の叱咤に、

「……申しわけござらん」

すぐさま大藪は我を取り戻し、大刀を鞘におさめた。厳しい目つきの船員たちは、それでもおとなしく自室に戻り、間に立たされたジョンソンはおろおろとしている。

小柳は早口に何事か話をしていた。ジョンソンは納得したように黙りこむ。

「うう」

と、大藪が鼻を手でふさいだ。

「なんじゃ、この悪臭」

いままでとは違う臭いが、どうやら調理場から漂ってくる。

いや、漂うなどという生易しいものではない。猛烈な悪臭は、大薮の全身にまとわりつき、いくら身体を洗っても抜けそうにないほどだ。

「羊や豚を料理しておるのです」

「羊や豚を食するのでござるか」

言ったそばから、大薮は吐きそうになった。なんという連中だ。

こんな汚らわしい連中と交易など、絶対してはならない。日本人は紅毛人などと交わってはならぬ。

大薮はそう深く胸に刻んだ。

八

翌朝は雨であった。青空は失せ、どんよりと黒ずんだ空が広がっている。

「昨日一日、我慢したのだからな、今日からは普通に食するぞ。もはや邪魔をする者もおるまい」

朝食の席で誰に言うともなく、助三郎が告げた。

腹痛で粥しか食べられなかったことが、あたかも八兵衛のせいであるかのような物言いである。言ったそばから、丼飯を搔きこむ。

「これ、よろしかったら」

八兵衛のほうも、まるで罪滅ぼしでもするかのように、自分の鯵の開きを差しだした。よほど恨みが深いのか、助三郎は遠慮ひとつせずにもらった。

そこへ、

「失礼いたします」

さわやかな声が聞こえた。助三郎の箸が止まる。

果たして、今野悦太郎が姿を見せた。

「これは、先生。おかげさまですっかり体調が戻りました」

「それはよかった。ですが、しばらくは食を慎まれることです」

今野に釘を刺され、八兵衛はくすりと笑った。

「わたしは、これで発ちます。どうやら、黒船も退去するようです」

「そうなのですか」

「船番所に行きまして、黒船を見学したい旨をお願いしたのです。じつは昨日も船番所に向かい、掛けあったですが……とうとうお役人から、本日船は退去することになった、どんなに頼んでも無駄だ、とはっきり言われました」

「そうだったのですか」

「致し方ござらん。異国船に乗るなど、許されるはずはないのですから」

「学問熱心の現れですよ」

「いや、好奇心が旺盛なだけです」

今野はさわやかな笑顔を残し、部屋を出ていった。


助三郎と八兵衛が旅籠を出ると、雨は激しさを増していた。稲光が走るなか湾をのぞむと、奉行所と会津藩の監視船はすでに任を解いていた。いまは黒々波打つ大海原に、ぽつんとブラウン号が停泊しているだけだ。

「乗りこむか」

「やりますか」

助三郎は、近くの船頭から船を借りた。都合よく、渡し舟は雨とあって休みだった。

荒波を超えつつ、ふたりは船に向かって進んだ。

一方そのころ、大藪はすでに下田をあとにしていた。

懐中には、クロスが仕舞われている。

――これで、バテレン教徒の証はつかんだ。

これを柳沢に献上しよう。そうすれば、柳沢はおおいに誉めてくれるだろう。いつもは沈着冷静な柳沢が、喜びで顔をゆるませる様子が目に浮かんでくる。

そう思うと、雨中の旅も苦にはならなかった。


幸いにもブラウン号は吊り梯子がおろされていて、助三郎と八兵衛は必死に取りついた。激しい雨風に吹きさらされ、吊り梯子が揺れに揺れる。

国許にあったころ、助三郎は嵐のなか小舟で、鹿島灘に漕ぎ出たことがある。高波にあっても、小舟で仁王立ちをして剣を振るった。鹿島新當佐々野流の剣を確立せんとした、修業の一環だった。

それに比べれば、これしきの梯子の揺れはたいしたことはない。助三郎が先にのぼり、梯子の動きを安定させながら乗船した。しっかり八兵衛とてただ者ではない。恐怖に身をすくませることなく、助三郎に続いて船に乗りこんだ。

案に反して誰もいない。雨が激しく甲板を叩いているだけだ。

助三郎と八兵衛は船室をのぞいた。紅毛人と仙右衛門、それに下田奉行所の役人らしき男がいる。ふたりは知らないが、船長のジョンソンと、下田奉行所与力の小柳修一郎だった。

三人は楽しそうに語らっていた。机の真ん中に布袋があり、黒ずんだ粘土のような物が溢れているのが見てとれた。

まさか……いや、間違いない。

阿片である。

「残念ながら、御公儀は交易をお認めにはならなかった。この阿片は我らでさばこう。のう、仙右衛門」

「はい」

すると、ジョンソンが何事か言った。

それを小柳が聞き取り、

「来年もやってくるそうだ。そのときには、さらに大量の阿片を持ってくると申しておる」

仙右衛門は喜色満面の顔で、

「それは楽しみですな。これらは間違いなく、わたしどもで売りさばきますゆえ、ご安心ください」

笑顔を見せつつ、仙右衛門はかたわらの千両箱に向かった。蓋を開くと山吹色の輝きが放たれ、ジョンソンは目を眩《まぶ》しそうにまたたかせた。

稲妻が走った。

「海が荒れておりますな」

仙右衛門が言うと、ジョンソンはなにか話す。

すぐに小柳が通訳した。

「これくらいの嵐であれば平気だそうじゃ。七つの海を越えてきておる、と申してるのう」

「なんと、たくましい。ですが、我らはそろそろ戻りましょう」

「そうじゃな」

小柳と仙右衛門は腰をあげた。

ここを機と見るや、助三郎は八兵衛をうながし、

「この不届き者！」

同時に怒声を浴びせる。小柳も仙右衛門もジョンソンも、思いもかけない侵入

者に驚きの目を向けてきた。

「何者、公儀の犬か」

小柳が言った。

雷光が走り、雷鳴が轟く。雨脚が強くなり、船が大きく揺れた。

机上の阿片が飛び散った。仙右衛門が床に這いつくばり、小柳はよろめきながらも抜刀した。

「とう!」

助三郎は体当たりをした。

嵐の鹿島灘に比べれば、さざ波に漂っているかのようだ。まさしく大船に乗ったつもりで、躍動した。

小柳は後方に吹き飛び、壁に激突した。ジョンソンは船室の隅にある西洋簞笥から、短筒を取りだした。何事かわめきながら、助三郎に銃口を向ける。

そのとき、荒波にふたたび船体が傾いた。よろめいたジョンソンに、今度は死角から八兵衛が体当たりをした。ジョンソンは倒れ、短筒を落とした。

しかし、それを仙右衛門が拾った。

仙右衛門は揺れを気にしてか、壁を背にして短筒を助三郎に向ける。これが功を奏したのか、仙右衛門はよろめかない。

仙右衛門の指が、引き金にかかった。

と、八兵衛が阿片を仙右衛門に投げつけた。阿片は仙右衛門の顔を直撃し、手から短筒が落ちる。

助三郎は右の拳を敵の鳩尾《みぞおち》に沈め、そのまま仙右衛門は床に伸びた。

ジョンソンは、

「オーマイゴッド！」

という言葉を繰り返した。大きな身体を小さくし、小刻みに震えている。

二度と日本にはやってきたくないとでも思っているのだろう。助三郎と八兵衛は阿片を回収し、甲板に出ると、激しく波立つ海に放り投げた。

地平の彼方が白くなっている。

嵐は黒船と一緒に去りそうだった。

長月の二十日、助三郎は彰考館にある光圀の書斎に呼ばれた。

お信が、茶と羊羹を持ってきた。今日は助三郎の分も用意してくれた。

お信の首には、ブラウン号から持ち帰った首飾りがさがっている。紅色の石が光沢を放っており、なんでもルビーと言うそうだ。

助三郎はブラウン号を去るにあたって、光圀から預かった小判を船室に置き、いくつかの装飾品を持ち帰った。光圀はお信との約束を違えず、この首飾りを与えたのだ。

幕閣はバテレン教云々にかかわりなく、そもそもイギリスと交易をする気はないようであった。バテレン教徒の摘発は、柳沢保明の勇み足となった。したがって、大藪清蔵の奮戦も無駄足となった。

バテレン教摘発は不発に終わったものの、光圀によれば、柳沢は頭痛薬が阿片だったと知り、たいそう機嫌がよいという。つまり、綱吉の頭痛を治せるのは、依然として自分だけということだ。

黒船騒動はブラウン号が下田を退去し、小柳修一郎が切腹、蓬莱屋が闕所《けっしょ》となって幕をおろした。

「ご隠居、頭痛薬を手に入れることができませんでした。お詫び申しあげます」

助三郎は両手をついた。

「阿片は薬にあらず、毒じゃ。よって、手に入れぬが正解であった」

光圀が鷹揚にうなずくと、やおら助三郎は面《おもて》をあげ、

「その毒、よもや若返りの妙薬かもと、期待なさっておられたのでございましょう。いけませぬぞ。いかなる効き目があろうと、毒は毒でございますゆえ」

と、微笑みかけた。

「たわけ……」

よけいな言葉を言い添えおって、と光圀は内心で毒づき、助三郎を睨み返した。

助三郎が笑みを深めると、どんぐり眼がくりくりと動き、真っ赤な唇がゆるんだ。

第四話　陽気な死者

一

秋が深まった長月二十五日の昼下がり。

さて、そろそろ御老公の退屈の虫が疼《うず》くころだろう、と佐々野助三郎は思いながらも、ひとりで神田界隈を散策していた。

なんとも言えぬ解放感に包まれながら、助三郎は神田明神を参拝し、門前町で団子を食べる。月代《さかやき》を色なき風が吹き抜け、刷毛《はけ》で伸ばしたような雲が青空を覆っている。

秋の深まりを味わっていると、

「佐々野さん……佐々野さんですよね」

と、若い男に声をかけられた。

身形のきちんとした侍風の若者だ。聡明さを物語る広い額には、たしかに見覚えがあった。

「ああ……下田で」

下田の宿で腹痛を起こしたときに助けてくれた、仙台藩の若き医者、今野悦太郎である。

「あの節は、すっかりお世話になりました」

あらためて助三郎は礼を述べた。

「医師の端くれとして、多少のお役に立てたのであれば幸いです」

あくまで謙虚に、今野は挨拶を返した。

光圀にも爪の垢を煎じて飲ませたい、と思ったのは、天下の副将軍に対する無礼であろうか。

「まあ、どうぞ」

助三郎は縁台を右横にずれ、今野が座れる隙間を作った。一礼し、今野は腰かけた。

「よき日和ですな」

助三郎は秋空を見あげた。

今野も応じ、ひとしきり時候の会話を交わしてから、

「下田のエゲレス船、引きあげましたな」

と、話題をイギリス船に向けた。

「今野殿は、公儀がエゲレスと交易するのを望んでおられたのですか」

助三郎は、今野に向いた。

「エゲレスにかぎらず、西洋に学ぶ点は多いと思います。学びを閉ざすことは、向上の妨げになるのではないでしょうか。もちろん、日本の民や領地や富が脅かされてはなりませんが……あっ、なにも御公儀の御政道を批難する気はありませぬ。ひとりの医者の無責任な考えです」

慎重な物言いではあるが、今野は、西洋と交易をすべし、と望んでいるようだった。

「なるほど、今野殿は学問がお好きですな」

海外交易などの政治の話には踏みこまず、助三郎は無難な言葉を返した。

今野とてそれ以上、無理に話を広げようとしない。水戸家の家臣という助三郎の立場を慮《おもんぱか》ったのだろう。

今野は表情をやわらかにして、

「水戸さまは彰考館で、日本の歴史を入念に研究していらっしゃいますな」

と、話題を彰考館に向けた。

「御老公の肝煎りです。不肖、このわたしも彰考館の館員なのですがな、館員たちが熱心に研究しているというのに、このように油を売っておる不良館員です」

助三郎は頭を掻き、自嘲気味な笑い声をあげた。

今野は、ご謙遜を……と困ったように返しつつ、

「わたしは、塾を営もうと思うのです。医者として診療所を営むかたわら、西洋の学問を学び、同じ志《こころざし》を持つ学徒とともに研鑽する場にしたいのです。藩庁には許可を申し出ています。あくまでわたしの見通しですが、年内には開設できるのでは、と思います。甘い考えかもしれませぬが」

目を輝かせながら、今野は語った。

誠実に学問と向きあう今野の姿勢を前に、なんだか自分が恥ずかしくなる。

「今野さんは学問熱心ですね」

思わず、そんな言葉が口をついて出てしまった。

「いや、知りたいことを知ろうとするだけです」

あくまで謙虚に今野は答えた。

「それこそが学徒なのですな。よろしかったら、彰考館にいらっしゃいませぬか。もっとも、今野殿が学びたい学問とは違うのでしょうが……日本の歴史にご興味があるのでしたら、来てください」

助三郎が誘うと、

「学問は、自分が何者かを知ることが基本だと思います。日本の歴史を知ることは、我ら日本の民が何者であるかを知ることになりましょう」

生真面目な今野らしい返答である。

「ならば、ぜひ彰考館を訪ねてください」

助三郎は繰り返した。

「はい、ぜひともうかがいます。よろしくお願いいたします」

今野は丁寧に頭をさげた。

そこまで誘っておいてから、自分にはそんな権限はないことに気づいたが、安積格之進とて、きっと今野を気に入るに違いなかろう。真面目な学徒同士、気が合うに違いない。

が、御老公こと光圀はどうだろう。光圀は中国の歴代王朝には尊崇《そんすう》の念を抱いているが、南蛮や西洋諸国をどう思っているのだろう。

いささか不安の念を抱きはじめた助三郎をよそに、

「かたじけない」

今野は声を弾ませた。

光圀に拒否され、今野を失望させなければいいのだが。

言動は慎重にすべきだ、と助三郎は自分を諌《いさ》めた。


ふたりは気がつかなかったが、近くで耳をそばだてていた男がいた。

突き出た額に小さく丸い目、低い鼻という醜《しゆうあく》悪な面相で、おまけに陰気な雰囲気を醸しだす男……朱子学者の大藪清蔵である。助三郎と今野悦太郎のやりとりを、大藪はしっかりと聞いた。

——そうか、あの男は水戸家の彰考館の館員か。

これはおもしろいことになりそうだ。

側用人の柳沢出羽守に取り入るには、絶好の機会となりそうだ。

彰考館が海外渡航を企てた者を援助したとすれば、大きな醜聞となる。柳沢が耳にすれば、これを好機として水戸家に対し優位に立つこともできよう。

大藪の胸に、めらめらとした野心が燃えてきた。

彰考館に戻った助三郎が、さっそく安積格之進を訪ねようとすると、

「お帰りなさい！」

空にも届かんばかりの明朗な声音が聞こえた。

「これは陣内《じんない》さん」

助三郎は一礼した。

陣内兵庫《ひょうご》という若者で、ひょろりとした身体つき、顔色も悪いため、いかにも虚弱に見える。

ところが容貌とは裏腹に、いつも元気で明朗快活な男である。

ひと月前、国許の水戸から江戸詰めとなり、彰考館の館員となった。しかも、ただの館員ではない。光圀から特別に命じられた重要な研究を担う、特待館員である。

特待館員は彰考館内に自室を与えられ、必要な書籍は水戸藩の公金で購入ができる。おおむね、学術書は高価である。このため、本屋にとっても大事なお得意先となっていて、特待館員に取り入ろうとする者も多い。

飲み食いに誘われることも多いが、特待館員の多くは真面目な男ばかりで、飲

食の時間が研究の妨げとなるのを嫌う傾向があった。

助三郎にしてみれば、なんとも勿体ない話だ。

陣内もそんな例に漏れないどころか、食事は一日一回だけ、酒は飲まず、ひたすら研究に没頭していると評判だ。虚弱に見える陣内の容貌は、寝食を忘れた研究活動の賜物であろう。

そんな陣内であるが、学者然としたところがなく、奉公人たちとも気さくに言葉を交わす人柄で、館員の誰からも好感を抱かれていた。

いまも陣内は、両手で数冊の本を抱えている。ひ弱そうな陣内には負担だと、

「手伝いますよ」

助三郎は本を受け取ろうとしたが、

「いえいえ、大丈夫ですよ」

陣内は笑顔で断った。

「遠慮なさらず」

重ねた助三郎の申し出を、

「お気持ちだけ受け取っておきます。それより、安積総裁が探しておられましたよ」

軽く頭をさげると、陣内は歩き去った。

助三郎がいないことに気づき、叱責でもしようというのか。

それとも、光圀の退屈の虫が疼きだし、あらたな役目が与えられるのか。

今野悦太郎の件もあるので、助三郎は寄り道せず、まっすぐ格之進の部屋に足を向けた。

二

格之進の部屋には、光圀もいた。

白絹の小袖を着流し、袖無羽織を重ねただけの気楽な格好だ。

嫌な予感が的中しそうだ。助三郎を供にし……本人は相棒だと言っているが、興味のある事件や謎を探索しようというのだろう。

果たして、

「助さん、どこをほっつき歩いておった。館員たちが額に汗して研究に取り組んでおるなか、いい気なもんじゃのう」

と、まず光圀が助三郎をなじった。

動ずることなく助三郎は、

「学問研究は彰考館の中でしかできぬものではありませぬ。いや、むしろたまには市井《しせい》を歩き、さまざまなものを見聞することが、役立つのではありませぬか。それは、御老公の持論でもありますが……ま、それはともかく、ご叱責のこと、深く反省いたします。今後は御老公のお供で外出することも控え、彰考館内、藩邸内で勉学に勤しみます」

と、けろっと言いたてた。

痛いところをつかれ、光圀は苦い顔をし、

「臨機応変にせよ、ということじゃ。外出を禁止するものではない」

と、取り繕った。

どうやら、助三郎に置いてきぼりにされたことを拗《す》ねて、その不満をぶつけたかったようだ。

散策の言いわけでもするように、助三郎は格之進に、今野悦太郎についての報告をし、

「優《すぐ》れた医術を持った男です。彰考館には医師としても役立ちますし、なにより学問に真摯《しんし》に取り組む姿勢に溢れております。ぜひとも彰考館に迎え、もしくは

館員ではなくとも、学びの場を提供したいのです」

と、光圀と格之進に頼んだ。

裃に威儀を正した格之進は、

「彰考館は、あくまで本朝の歴史を研究する場だ。西洋の文物にくわしかろうが、役立つとは思えぬ」

いかにも融通《ゆうずう》のきかない四角四面の物言いをした。

ここぞとばかりに、助三郎は言いたてた。

「四角殿、そうした硬直した考えこそが、学問の幅をせばめてしまうのではありませぬか。学問には、自由奔放な発想が大事なのですぞ」

口だけではなく、助三郎は両手を広げ、大仰な態度をとってみせた。

しかし、格之進には通用せず、

「なんと言われようが、わしは受け入れぬぞ。むやみやたらと館員を増やせばいいものではない」

頑として格之進は受け入れない。

予想外の反対だが、とにかく今野悦太郎に申しわけなく思った。期待を持たせておいて、合わせる顔がない。

すると、光圀が、

「今野悦太郎という男、まことに西洋の文物にくわしいのじゃな」

と、念押しをした。

その表情は、何事か企んでいるときの笑みを浮かべている。それは格之進も察知したようで、四角い顔に危機感を浮かべた。

かまわず光圀は、格之進に語りかけた。

「彰考館に役立つではないか」

「御老公……」

困ったように、格之進は眉根を寄せた。

「よいか、わしはな、大日本史の番外編を編纂しようと思っておるのじゃ」

光圀は意外なことを言いだした。

「番外編ですと」

格之進も初めて聞く話のようで、いささか戸惑っている。

彰考館総裁たる格之進にも告げていないとなると、たったいま……とまではいかなくとも、最近になって思いついた考えではないか。番外編がいかなる内容かはわからぬが、ここは光圀に乗ってみようと思った。

「それはおもしろい！」

助三郎は両手を打ち鳴らした。

光圀は気をよくして話を続けた。

「今野なる者が西洋の文物に精通していると聞き、わしは戦国の世に訪れた南蛮、西洋の国々のことを、日本の歴史に書き加えるべきと思いたった」

やはり、たったいま思いついたようだ。光圀の気まぐれに、助三郎はもとより格之進も、いつも翻弄《ほんろう》されてしまうのである。

もちろん、光圀のほうには、格之進や助三郎への気遣いなどない。

「戦国の世には、数多《あまた》のバテレンの信者がおった。わしは、バテレン教の布教の実態を知りたい。それに、今野が仕える仙台藩伊達家といえば、政宗殿がバテレン教の総本山に使いを送ったではないか。バテレンどもの実態を、日本の歴史として記録しておきたいのだ」

もっともらしい顔で光圀は言った。

「なるほど、それは必要なことですよ」

これで、今野との約束が実現できると、助三郎は光圀に賛成した。

「そうですかな……バテレン教は禁教、もっと申せば、公儀にとっても日本の歴史にとっても、決して深入りしてよいものではありますまい」

格之進は、キリスト教を研究することが、幕府の不興や疑心を作りだすのではないか、と危ぶんでいる。

さすがに光圀も、格之進が抱く恐れをすぐに見透かしたようだ。

「バテレン教を広めるためにやってきた南蛮の宣教師どもは、信仰の裏で日本の民をたぶらかし、大名どもには交易の利で近づくと、領国の一部を掠め取った。そもそも南蛮の国、イスパニアやポルトガルは、世界中の国々を支配せんと企んでおったのじゃ。とくに、金銀が産出する国をな……奴らは当然、日本をも狙っておった。そのことをしっかりと語り継いでいかねばならぬ。バテレンどもの狡猾なやり口を記録し、日本の民が二度と奸計《かんけい》に惑わされぬようせねばならぬのじゃ」

勝手気ままに市中を徘徊《はいかい》し、若い娘たちに色目を使う老人とは別人のように思えてくる。これが本来の水戸中納言光圀なのだろうか。

娘好きの好色な爺は、憂《う》さ晴らしの際の一面に過ぎない……。

いや、どちらも天下の副将軍さまなのだろう。

「今野悦太郎を彰考館で学ばせよ、わしは苦しゅうないぞ」

こうまで言われれば、格之進も今野を拒絶できなくなったようだ。承知しました、とお辞儀をしてから、

「佐々野、そなたがしかと今野の面倒を見るのだぞ」

と、釘を刺した。

「わかりました」

「さて、楽しみじゃ」

光圀は、にんまりとした。

すると、格之進が、

「新しい館員と申せば、もうひとりおるのです」

と、言った。

「誰じゃ」

問いかけたが、光圀はあまり関心がないようだ。

「大藪清蔵という朱子学者です。直参旗本二千石、大藪家の三男だそうです。家督を相続する必要がないため、学問で身を立てようと湯島の昌平坂学問所で学んでおります。学問所では優秀な成績をおさめておるようで、推薦状もございます。『大日本史』編纂に役立つ人材ですぞ」

格之進の紹介を聞き、

「そうか、ま、よかろう」

光圀は生返事で許可をするばかりだった。

三

三日後、助三郎は、今野悦太郎の訪問を受けた。

さっそく、安積格之進に引きあわせようと考えた。

彰考館は水戸家ばかりか、広く門戸を開いている。日本史だけでなく四書五経にも造詣が深く、熱心な学問の徒であれば、どこの藩の者であろうと受け入れる、と格之進は説明をした。

「今野殿は南蛮、西洋の文物に精通しておられます」

あらためて助三郎が紹介すると、格之進は今野をまじまじと見返した。

対して今野のほうは、いささか物怖じをしたようで、

「訪問をしてから、こんなことを申すのはいささか不届きと存じますが、彰考館での学びは、わたしにとっておおいなる血や肉となりましょう。ですが、彰考館

に対しては、なんら役立てるとは思えないのです」

自信なさそうに今野は言った。

「いやいや、そんなことはござりませぬぞ。実際、御老公は今野さんに任せたい役目があるようなのです」

助三郎は今野を励まし、格之進への挨拶を済ませると、今野をともない、光圀の書斎へと向かった。今野は、がちがちに緊張している。

「御老公は下々の者にも気さくなお方ですぞ。ここだけの話、お忍びで市中を散策なさり、民にも溶けこんでおられます。民情視察こそが政《まつりごと》の基本、というお考えなのですよ……と聞けば、どんな名君なのだろうと恐縮してしまうでしょうが、なに、会えばただのお年寄り……いや、若い娘好きの爺さんですよ」

今野の気分をなごませようと、助三郎は軽口を叩く気分で言ってみたのだが、あいにく今野には通用しなかったようだ。依然として張りつめた面持ちだ。

「失礼します」

助三郎が声をかける。

「入れ」

光圀の返事が聞こえ、今野の顔はさらに引きしまった。

助三郎は今野とともに、光圀と対した。

今野はしきりと恐縮していたが、光圀から期待している旨を聞かされると、次第に表情をやわらげていった。

「それでじゃ、そなた、南蛮や西洋の文物にくわしいそうじゃな」

光圀が確かめると、

「多少は……でございます」

遠慮がちに今野は答えた。

「戦国の世から島原の乱にいたるまでの、西洋と日本のかかわりの歴史を文章にしてほしいのじゃ。わしはな、なぜ南蛮人や西洋人らが、はるか彼方から危険をおかしてまでこの国を訪れたのか、それを解き明かして後世に伝えたい。決して、信仰を広めるためだけではなかろう。そこには、なにか黒い企てを秘めていたに違いない、と確信しておる。そなたは、いかに考える」

光圀はいつになく真剣な物言いをした。

「それは……」

今野は答えにくそうだ。

「仙台藩伊達家においても、バテレン教の総本山、ローマに使いを出したであろう。政宗殿は南蛮の国、イスパニアと交易を望んでおられたと聞く。また西洋の国々も、日本との交易を望んでおった。政宗殿が使いをローマに送ったころは、各大名も異国との交易が自由にできたゆえ、そのことをわしは咎めぬ」

光圀は言い添えた。

「わたしも南蛮の宣教師たちが、信仰を広める目的だけで日本にやってきたのではないと思います。ポルトガル、イスパニアが彼らを先兵とし、さまざまな国を奪っていったのは事実です。日本だけが例外ではありませぬ」

専門分野に話題が及んで緊張が解けたのか、今野は明瞭な口調で持論を語った。

わが意を得たとばかりに光圀はうなずき、

「その辺のことを、くわしく書き記してほしい。よいな」

と、命じた。

「承知しました」

今野は声を大きくした。

助三郎も、よかった、と胸を撫でおろした。下田の腹痛が生んだ縁である。

「うむ、頼もしいのう」

上機嫌になった光圀は、指で真っ白な口髭を撫でた。

　そのころ安積格之進は、大藪清蔵と対面していた。

　地味な紺地木綿の小袖に仙台平の袴、黒紋付を重ね、おでこが突き出た陰気な顔つきの男である。

「朱子学の学徒であるのですな。昌平坂学問所では四書五経を修めた、とか」

　格之進の問いかけに、

「拙者、学問に全身全霊を傾ける覚悟でござります。微力ながら、彰考館の『大日本史』編纂のお役に立ちたいと存じます」

　堅苦しい物言いで、大藪は言った。

「彰考館のことをよくご存じのようですな」

　格之進は満足そうだ。

「繰り返しますが、なにかのお役に立てれば、学問で身を立てる者として、これに勝る喜びはござらぬ」

　大藪は決意を示すように、両目をかっと見開いた。

「ならば、貴殿の席にご案内いたす」

　格之進は大部屋へと大藪を連れていき、片隅の文机を指し示す。

それから、

「朱子学が本朝に伝わってきた経緯について、文章にしてくだされ。そのことは、御老公もおおいに関心を抱いておられる」

格之進は、光圀も期待している、と励ました。

「承知しました」

相変わらず、大藪は真摯な顔で答えた。

「それから、書庫はこちらです」

と、大部屋の奥にある書庫に案内をする。

百畳もあろうかという広い一室に、整然と書棚が連なっている。天井が高く、吹き抜けとなっていた。書棚の間を館員たちが行き交い、静寂のなかにあっても学究への熱意で活気に溢れていた。私語厳禁とあって、無駄口を叩く者はいない。それが、学問を志す者には心地よくさえある。

「これは……」

驚き入った大藪は、学者としての本能を刺激されたようで、感動の面持ちとなった。

「彰考館に出仕している間は、好き勝手に出入りしてもよい」

格之進が言うと、

「これは……身にあまる光栄です」

大藪は頬を紅潮させると、さっそく書庫をまわり、蔵書を確かめはじめた。それを格之進は、頼もしげに眺める。

何度もうなずき、よい男がやってきた、と満足した。

四

今野と大藪が彰考館で学ぶこととなってから、ひと月近くが経過した。

神無月二十五日、晩秋というよりは、初冬の装いである。

彰考館の庭の地べたは、黄落《こうらく》した銀杏《いちょう》の葉と真っ赤な紅葉《もみじ》が、よい具合に斑《まだ》模様となっている。自然にできたものではなく、しっかり八兵衛が箒で落ち葉を掃き集めて形成したのだった。

今日も変わらず、今野と大藪は、黙々と自分の役目をおこなっている。

助三郎にとって意外だったのは、今野と彰考館特待館員の陣内兵庫が、顔見知りだったということだ。

といっても、とくに懇意にしていたわけではないらしい。

親しいどころか、お互いの名前、素性もくわしくは知らなかったという。

ふたりは、しばしば芝三島町の同じ本屋で顔を合わせていたのだ。熱心に学術書を探し求める、学究の徒ならではの出会いと言えよう。

彰考館の館員となり、今野と陣内は親交を深めていった。学問に関するお互いの知見を、寝るのも忘れて交換している。

光圀も、今野に命じた大日本史の別編に興味が向いたのか、市中探索を口にしなくなっている。助三郎も格之進も安堵の日々だったが、ふたりとも、これが長くは続かないだろうといういやな予感は抱いていた。

今野と陣内が親しんでいるのは喜ばしいことなのだが、助三郎にはひとつ気がかりがあった。

今野と同じころに入門した、大藪清蔵である。無口で暗い雰囲気なのは人柄ゆえ、しかたがないとしても、今野の様子を探っているようなのだ。

大藪は朱子学の研究、今野はバテレン教や、南蛮・西洋の国々について調べている。それなのに、大藪は今野が調べものをするそばにいることが多い。

百畳の広大な書庫にあって、史料が収納されている書棚は離れているのにもかかわらずだ。

十一日の昼、大藪が格之進の部屋を訪れた。

「総裁、ご多忙のところ、畏れ入ります」

丁寧に挨拶をする。

眉間《みけん》に皺が刻まれ、陰気さが際立っている。

「かまわない。なにか……」

格之進は大藪の表情を見て、ただならぬものを感じた。大藪が半身を乗りだしたところで、

「御免」

と、助三郎が入ってきた。

出鼻をくじかれたように大藪は口ごもり、険しい表情を浮かべた。

隣に座した助三郎は、大藪を見て、

「ああ、大藪さん。相変わらず、陰気な顔をしていますね。もっと明るい顔をしたほうがいいですよ」

と、語りかけた。

大藪は目を白黒とさせて、

「はあ……申しわけございません」

と、慇懃《いんぎん》に一礼をする。

「それそれ」

助三郎は声を大きくして、大藪の顔つきを指摘した。ますます大藪が困惑の色を示すと、

「そんなに気負っていると、気が滅入ってしまいますよ」

「はあ…しかし、拙者、生まれついてのこの顔ですから」

大真面目に大藪は答えた。

「そうじゃないですよ」

助三郎は右手をひらひらと振った。

「いや、そうです」

大藪も意地になったようだ。

「大藪さんだって、赤子のころは陰気な顔つきだったわけではないでしょう。泣いたり笑ったり、喜怒哀楽を表していたはずですよ」

「それはそうですが……」

大藪は押し黙ってしまった。

「まずはさ、笑顔を浮かべてはいかがですか」

「急に笑顔など、それがしにはできませぬ」

むっとして、大藪は目を伏せる。

「できますって」

励ますように助三郎は語りかけ、自分を見ろと求めた。いかにも億劫《おっくう》そうに、大藪が助三郎に視線を向ける。大藪と目が合ったところで、

「口をこのように開けてください」

と、助三郎はお手本を示すようにやってみせた。真っ赤な唇が、大きく開かれる。大藪が目を白黒させていると、

「さあ、やってください」

強い口調で頼む。

「こ、こうですか」

口を開いた大藪に、

「もう少し大きく……そうそう、その調子です。それで、もっと歯をむきだしにしてください」

どんぐり眼をくりくりと動かし、助三郎は真っ白い歯を見せた。言われるままに、大藪も歯をむきだしにする。

「ああ、よき顔になった……そのほうがいいですよ。朝夕に鏡を見てこれを繰り返せば、明るい気持ちになります。そうすれば、毎日が楽しくなるでしょう。ああ、そうだ。気持ちが落ちこんだり、滅入ったりしたときにも、笑顔を作れば気分が楽になるはずです。物事を積極的に見られるようになりますからね」

ひとしきり助三郎は講釈を垂れた。

ふと目の端に、格之進も口を開いているのが映った。

「そうかもしれませぬ」

大藪は助三郎に圧倒されるようにうなずいた。

「じゃあ、さっそく今日から実践してください」

「承知しました」

助三郎の講釈に納得したのかどうなのか、大藪は立ちあがって一礼すると、部屋から出ていった。

大藪がいなくなってから、

「あ、そうだ。大藪の奴、なにか用事があったはずなのだが……」

格之進は首をひねった。

「たいした用事じゃなかったんですよ」

助三郎は軽く言ったが、

「いや、深刻な顔つきであったぞ」

「深刻な顔つきは、大藪さんの地顔でしょう」

「地顔……か。なるほどな」

思わず格之進は吹きだした。

助三郎も声をあげて笑い、ふたりはひとしきり笑いあってから、

「いや、冗談ではないぞ。わざわざ大藪のほうから言ってきたのだからな、よほどの要件ではないか」

真顔になった格之進が、ふたたび危惧を示す。

ここにきて、助三郎も真顔になり、

「おそらくは……今野さんに関する話だと思いますよ」

言葉を選びつつ、慎重に言った。

「今野に関するとは……」

格之進も目を凝らした。

「大藪さんは、西洋や南蛮を毛嫌いしているようですからね」

助三郎に言われ、

「だから、今野の足を引っ張る……と言いたいのか」

格之進は問い返した。

「ひょっとしたらですが、そもそも彰考館に学びにきたというのも、奇妙な話ですよね。昌平坂学問所の推薦があれば、しかるべき大名旗本屋敷に出入りしたり、学問を究めるのであれば、高名な学者に弟子入りすることもできるはず。専門外の日本史編纂に加わりたいとは、なんとも寄り道のような気がします」

助三郎は顎を掻いた。

「学問の幅を広げたい、ということなのかもしれぬがな……」

大藪をかばったものの、格之進も疑問を感じているようだ。

「大藪さんは、今野の周辺を嗅ぎまわっているのかもしれません。分野違いなのに、いつも書庫ではそばにいることが多いですからね」

助三郎の言葉に、思いあたる節はある、と格之進もうなずく。

「今野さんとバテレン教との関係を、危ぶんでいるのかもしれませせぬね」

その見通しには、格之進は首を横に振った。

「いや、今野自身はバテレン教徒ではないのだぞ」

「わたしもそう思います。しかし、大藪さんが今野さんをバテレン教徒だと信じきっているのであれば、なにかしら不穏な成り行きになるやもしれませんよ」

助三郎の予想に、

「そうかもしれぬが……」

格之進は不安を募らせた。

そこへ、

「御老公がお呼びです」

と、陣内兵部の明るい声が聞こえてきた。

陰気な大藪と対したあとだけに、気分が晴れる。

「わかった」

格之進が返事をした。

そばに来た陣内の顔を見て、

「それそれ」

声を弾ませ、助三郎は指摘した。

「なんでございますか」

陣内がおやっとなった。

「陣内さんの顔つきですよ。その顔を見ているだけで、幸せな気分になります」

「そうですか……わたしは、そんなふうに思ったことはないのですが」

戸惑いながらも陣内は、にこにことした笑顔を浮かべたままだ。

「陣内さんの人柄なんですかね。見習わなければなりませんよ」

助三郎は続けた。

「いや、そう言われても……いわば、これがわたしの地顔ってことかもしれませんね」

はははは、と陣内は快活に笑った。

助三郎と格之進も、顔を見あわせて吹きだす。

「ああ、そうだ。佐々野さんも見かけたら一緒に、と御老公はおっしゃっていましたよ」

「承知しました」

格之進とともに、助三郎は立ちあがった。

助三郎と格之進が光圀の書斎に入ると、

「おお、おまえもおったのか」

光圀は助三郎に視線を投げた。

「いけませぬか」

助三郎は返した。そもそも自分を格之進のついでに呼んだのは、光圀自身ではないか。

「悪くはない。手間が省けてよい」

光圀は言った。

「それで御老公、ご用はなんでございましょう」

格之進が問うと、

「幕閣の一部の者が、彰考館に探りを入れておるようじゃ。おそらくは、柳沢出羽あたりであろうがのう」

忌々しい、と光圀は吐き捨てた。

格之進は目をしばたたかせる。

「探りとは、なんでござりましょうか。我ら、なんら後ろ指を差されるようなことはしておりませぬ」

「あたりまえじゃ。後ろ指どころか、彰考館がおこなっておる『大日本史』の編纂は、公儀はもちろんのこと、日本のためになる大事業じゃ」

光圀は憤慨している。

「それを、公儀は迷惑がっているのかもしれませぬ」

格之進が不安を示すと、光圀は唸《うな》りながら腕を組んだ。

「迷惑がるのう……たしかにそうじゃ。わが彰考館では、南朝をもって正統な皇統である、としておる。公儀には煙たい話であろう。上さまは、ご生母の桂昌院殿のために、位階の昇進を進めたいのだからな。朝廷との間にひびが入るようなことはしたくないはずじゃ」

「なるほど」

助三郎が応じると、

「わかっておるのか」

光圀は苦笑を漏らした。

「わかっております。ですが幕閣……そう、柳沢出羽守さまの狙いは、もっと黒いものなのかもしれませんぞ」

たちまちにして、

「それは……」

格之進は訝《いぶか》しんだ。

「バテレン教とのかかわりではありませんか」

断じるように助三郎は言った。

「そうかもしれぬな」

深くうなずき、光圀も同意した。

「となると、もっとも怪しまれているのは今野悦太郎ですな。そして、探っておるのは……」

格之進は助三郎を見た。

「大藪清蔵さんでしょう」

迷わず助三郎は答える。

「大藪か……すると、さきほどそれがしを訪ねてきたのは、やはり今野とバテレン教の関係についてなのか」

「きっと、そうですよ」

けろっと助三郎は断じた。

「それをわかっていながら、助さん、どうして追い返すような真似をしたのだ」

格之進は咎めるような物言いをした。

「頭を冷やさせるためですよ。大藪さんの目的がなんであれ、まわりをよく見ずに突っ走りがちです。まあ、それだけ真面目な人なのでしょうけどね。いったん冷静になれば、彰考館のことも今野さんのことも、もっと公平な目で見ることができましょう」

「ふ〜む、なるほど」

「まあ、それはいいとしてじゃ、大藪はバテレン教を探るため、彰考館にもぐりこんだと見ていいじゃろう。そして、今野に目をつけていたこともな」

光圀がそう判断したところで、

「安積さま」

と、呼ばわる声が聞こえた。

「なんだ」

と、格之進は書斎を出た。

時を経ずして戻ってきた格之進は、茫然とした声で告げた。

「陣内が……陣内兵庫が殺された……そうです」

「なんじゃと」

表情を強張らせ、光圀は無言で立ちあがった。

助三郎も言葉を失い、腰をあげる。

五

陣内が殺されたのは、特待館員に用意された個室であった。

八畳の簡素な座敷で、右手の漆喰《しっくい》の壁に書棚が三つ並んでいる。部屋の隅に布団がたたまれ、真ん中には文机が置かれていた。肌寒い時節とあって、火鉢の炭が赤く燃えている。

文机の前に、陣内の亡骸《なきがら》が横たわっていた。血の海のなか、明朗快活な陣内には不似合いな苦悶の表情を浮かべている。

「むごい」

格之進の声は、怒りと嘆きに震えていた。

助三郎と格之進は、亡骸のかたわらにかがみこんだ。ふたりは手を合わせてから、遺体をあらためる。

喉笛から流血していた。

咽喉の右側から、鋭利な刃物で刺し貫かれたようだ。

助三郎は部屋のなかを、ざっと見まわした。凶器らしき刃物はない。

陣内を殺した下手人が持ち去ったようだ。

ということは、自殺ではない。みずからの首を刺し、刃物を抜いて投げ捨てることは、さすがにできなかっただろう。すぐには死なずに部屋を這い出て、濡れ縁から庭に刃物を捨てて戻った可能性もない。そんな余裕はないだろうし、だいいち、それならば血痕が残っているはずだ。

血溜まりは、陣内の周囲にかぎられている。

「戸塚《とつか》養斉《ようさい》先生に検死をしてもらわねばならぬな」

格之進は言った。

「そうせい」

甲走った声を、光圀は発した。

次いで、

「かならず下手人を突きとめよ」

と、険しい表情で命じた。

とりあえず部屋の中を調べはじめた助三郎であったが、どうにも陣内の陽気な顔が脳裏を離れない。明朗快活な陣内の声音が、耳朶に響く。

自然と助三郎の目から涙が伝った。

が、思い出に浸っている場合ではない。おのれを叱咤しつつ、遺品を調べる。

遺品といっても、柳行李がふたつばかりだ。いずれも、衣類のほかは書物ばかりだが、それでも小さな木彫りの観音像を見つけた。学問ひと筋の陣内だったが、心の拠《よ》りどころとして信心もしていたようだ。

ひょっとして血染めの短刀でも出てくるかと思ったが、凶器と思しき刃物はなかった。

ふたたび書棚に視線を向けた。

「おや」

なんだか奇異に感じた。書棚がどうもおかしい。

どうしてだろう、違和感があるのだ。

「妙だ」

助三郎はひとりごちた。じっと見ながら書棚のひとつに近づく。なんとなく本がばらけているような気がした。

他のふたつの書棚にも収容の空きはあるのだが、左側の書棚は少し様子が違う。

ただ単に、ぴっしりと本がおさめられていないだけだろうか。

しかし……。

「なにか気づいたのか」

格之進が問いかけてきた。

「いや、たいしたことじゃありませんがね」

助三郎にしては珍しく、曖昧で自信なさげな物言いをした。

「どうせ、いつもたいしたことを申さぬではないか」

身もふたもないことを光圀は言った。

格之進は苦い顔をして、

「なんでもよい、申してくれ」

「書棚に不自然な隙間があるのです」

助三郎が指摘をすると、

「隙間くらいあるじゃろう」

光圀はそれがあたりまえといった風だ。

「いや、妙ですよ」

助三郎は収納棚を指差した。格之進は気づき、

「なるほど」

と言ったが、

「それがどうした」

いまだ光圀は理解できないようで、顔をしかめるばかりである。

「この右と真ん中、ふたつの書棚は、規則正しく最上段から書物が収納されていますね。上から全部で六段になっています。右の書棚は漢籍です。最下段は、まだ半分ほどの余裕がありますね」

噛んで含んだような助三郎の説明を聞き、光圀はうなずく。

「真ん中の書棚には、日本の歴史に関係した書物がおさめられています。こちらは、最下段の三分の二ほどが埋まっています。しかるに……」

ここまで説明したところで、

「わかったわかった」

光圀は右手をひらひらと振った。

「まったく、頼みますよ、御老公。いちいち説明するのも大変なのですから」

助三郎は両手を広げた。

ひとこと多い、と光圀は苦い顔をする。

すかさず、

「これ、助さん……いや佐々野、無礼だぞ」

格之進が咎めた。

それでも助三郎は涼しい顔で、

「御老公もやっと気づかれたようですが、この左側の書棚は上から下まで、いずれもほぼ書物が詰まっています。ところが、右と真ん中の棚と違って、ぽつんとところどころに抜け落ちているような隙間がある。これはいったい、どういうことでしょう」

「それは……」

光圀が口ごもったところで、

「お答えにならなくて結構です。これは、書棚から何冊かの書物が持ちだされたことを意味しているのですよ」

さらりと助三郎は言ってのけた。

「陣内が持ちだしたのではないのか」

光圀は不機嫌になった。

「そりゃ、愚問ですよ、御老公」

ぴしゃりと助三郎にはねつけられ、光圀は押し黙った。

代わって格之進が、

「陣内本人が持ちだしたのなら、文机の周辺にあるか、几帳面な陣内のこと、かならずもとの場所に戻したはずだな」

と、説明した。

「そう、四角殿の申されるとおりですよ」

「ということは、何者かが持ち去った、ということなのか」

光圀が問いかけると、

「そういうことです」

即座に助三郎は返す。

「ならば、下手人は書物が欲しくて、陣内を殺したのか」

「書物のためだけかはわかりませんが、いずれにしろ、おおいに関係はあるのではないでしょうか」

「となると、下手人は彰考館の館員の可能性が高いということか。専門の知識がない者に、書物をどうこうできるとは考えにくいものな」

格之進は苦い表情となった。

「由々しきことじゃ」

ひとしきり嘆いた光圀が、険しい顔で言い放った。

「ここは、なんとしても下手人をあげねばならぬぞ」

「承知しました」

格之進と助三郎がうなずく。

「それにしても惜しい男であった」

一転して表情を悲しげにし、光圀は陣内の死を惜しんだ。

「大日本史編纂に、おおいに役立つはずでした」

格之進も陣内の死を惜しむと、

「死んでみて、惜しんでも遅いのであるのじゃがな。まるで、死んだ子どもの歳を数えるようなものじゃ……」

光圀もよほど衝撃を受けたようだが、そこで盛大なくしゃみをした。白絹の小袖の襟を両手で引き寄せ、寒いのう、と漏らす。

助三郎は火鉢に目をやった。

どうして、あんな片隅に置いているのだろう。身近になければ、火鉢の役目を果たさないではないか。炭火が熾されているのだから、陣内は火鉢を使っていたはずだ。

書棚の隙間とともに気になる。

書棚と火鉢……ひょっとしたら、それが陣内兵庫殺しの真相を突きとめる鍵となるのかもしれない、と漠然とした考えを抱いた。

六

その後、彰考館の館員、奥女中、奉公人への聞きこみがおこなわれた。

その結果、陣内の書斎に出入りしていたのは、

「大藪清蔵と今野悦太郎か」

悩ましそうに、格之進はつぶやいた。

場所を移し、いま三人は格之進の書斎にいた。

「よし、わしがふたりを吟味してやるが……そうするまでもないかのう。今野は人を殺めるはずはない。そのような男ではないことが、わしにはわかる」

自信たっぷりに光圀は断じた。

すかさず、

「出ましたな、御老公の根も葉もない自信」

と、助三郎は茶化した。

格之進が目を白黒とさせ、

「これ」

と、助三郎を諌める。

光圀は両目をかっと見開き、

「自信の拠りどころは、この目じゃ。人柄を見る目は、たしかなのじゃ」

強い口調で言い張った。

「まさしく慧眼《けいがん》でいらっしゃいます」

格之進は追従《ついしょう》をしつつ、

「とはいえ、たとえ善人であっても、なんらかの事情で殺しをおかさぬとはかぎりません。人柄の好し悪しは、下手人であるかないかの基準にはならないでしょう。であれば、御老公の慧眼もあまり意味を成しませせぬな」

助三郎が理屈を並べると、

「まさしく」

内容をよく考えなかったのか、格之進が反射的に同意してしまった。

光圀が睨むと、あわてて格之進は目を伏せつつ押し黙った。

「では、ふたりを呼びましょう。御老公、吟味をなさいますか」

助三郎が言うと、

「任せる」

機嫌が悪くなったのか、光圀はぶっきらぼうに答えた。


場所を隣室に移し、文机の向こうに助三郎と格之進が座った。光圀がどうしても聞き取りに立ちあうと言ってきかないため、吟味に口をはさまないことを条件に、奥まった繧繝縁《うんげんべり》の畳に座している。あたかも、肖像画を描かせるような様子である。

まずは、今野がやってきて、折り目正しく頭をさげた。

「ご多忙中、畏れ入ります。今野さん、陣内さんが亡くなったのです」

助三郎が陣内の死を告げた。

口を閉ざした今野の目が、一瞬泳いだ。小さく息を吐いてから、

「御老公がおられ、安積総裁も陪席《ばいせき》しておられる。よもや冗談ではないのでしょうね」

と、返した。

それから少しの間を置き、

「陣内さんとは一刻ほど前に、言葉を交わしました。陣内さんの部屋です。そのときは、異変に気づきませんでした。なぜに亡くなられたのですか」

今野は医者の目で、陣内の死に不審を抱いたようだ。

「病死ではありません」

助三郎はわざと曖昧な物言いをした。

「すると……まさか殺された……」

ますます今野は困惑したようだ。これが芝居だとしたら、今野はなかなかの役者である。

「さよう」

短く助三郎が肯定すると、

「いったい何者に……ああ、そうか、わたしが疑われているのですね」

動揺しながらも、今野は自分の立場をすぐに理解した。

「陣内さんは自室で殺されていました。館員、奉公人、奥女中たちの証言を照らしあわせますと、今野さんが出入りされていたことは事実」

「間違いありません。さきほども申したとおり、一刻ほど前に、わたしは陣内さんを訪ねました。お借りしたい書物がありましたので……」

「どのような書物ですか」

助三郎は極力感情を押し殺して問いかけた。

「戦国の世に渡来した宣教師の書です。ルイス・フロイスの『日本史』ですね」

今野が答えると、

「おおそうか、そなた、わしの頼みを忠実に聞いておるのじゃな。感心、感心」

いかにも喜んだ様子で光圀が口をはさんだ。その言葉を受けて、今野が説明を加える。

「ルイス・フロイスは織田信長公、太閤などの為政者《いせいしゃ》ばかりでなく、数多の民と交わっておりますので、バテレン教の布教の実状や戦国の様子がよくわかるのです。以前に、陣内さんの部屋にあったのを思いだしました。しかし、そのときは置いていなかったのです」

「どうしてですか」

「なくされた、ということでした」

「なくされた……それは一冊ですか」

「いいえ、何冊かあったと思います。はっきりとは覚えておりませんが」

「その書物は、どの書棚に収納されていましたか。陣内さんの部屋には、書棚が三つありますね」

「たしか左側の書棚です」

間髪いれずに、今野は明瞭な声音で答えた。

妙な隙間ができていた書棚である。

「その書物は、うっかりなくしてしまうような大きさですか」

今野は手を左右に振り、

「とんでもない。分厚い革の表紙の、立派な装丁です。ずしりと重みがありましたな。部屋から外に持ちだしたとしても、あの存在感であれば、置き忘れる心配はないでしょう」

「寝転んでぱらぱらと読む、というわけにはいかないのですね」

助三郎の言葉に、今野は首肯するにとどめた。

そこで格之進が、

「紛失ではなく、盗まれたのではないのか」

と、問いかけた。

「わたしも盗まれたと聞くほうが、得心がゆきますが、陣内さんはあくまでなくした、とおっしゃいましたので、それ以上、勘繰るわけにもいきません」

困った顔で今野は言った。

「書物のことはわかりました。では今野さんは、陣内さんの部屋に、それほど滞在なさらなかったのですな」

「はい、書物をお借りしたかっただけでしたので。お仕事の邪魔をしてはならない、と思いました」

「ほんの少しの間であったとしても……そう、陣内さんを突き飛ばすことはできましたな」

助三郎は両手を差しだし、突き飛ばす格好をした。

「……そのようなこと、するはずがございませぬ！」

このときばかりは今野の目が尖り、声が大きくなった。それでも今野らしいのは、自分が取り乱したことを悔いたようで、

「陣内さんは、何者かに突き飛ばされて……たとえば、後頭部を文机とか火鉢で強打して亡くなられたのですか」

と、確かめた。

「そうですな……」

わざと曖昧に言葉を濁《にご》す。

今野は、戸惑いの視線を浮かべたまま押し黙った。

「わかりました。どうもありがとうございます」

助三郎は今野に、帰っていい、と伝えた。

「わたしの疑いは晴れたのでしょうか」

狐につままれたような顔つきで、今野は問いかけた。

「はい、今野さんが下手人ではありません。役目柄、疑いましたことを、お詫び申しあげます」

助三郎は頭をさげた。

「お役に立てたのか、いささか心もとないですが……かならずや、陣内さんを殺した者を突きとめてください。お願いいたします」

今野のほうも頭をさげてきた。

「お任せください」

自信たっぷりに助三郎は答える。

そうして今野が出ていってから、

「みろ、わしの目はたしかであろうが」

自信たっぷりに、光圀はおのれを誇った。

「御老公のご慧眼には感じ入りましてござります」

格之進が四角い顔でお辞儀をすると、満足そうにうなずき、光圀は続けた。

「これで、下手人は大藪清蔵という陰気な男に決まった。まったく、陰気な男と思っていたら、まさか殺しまでしでかすとはな。よし、大藪を引ったててまいれ
……あ、いや、ここに来るのだな。ならば、すぐに犯行を白状させよ」

もはや光圀は、大藪の仕業だとすっかり確信している。

「早計ですよ。まだ大藪さんの犯行だと決まったわけではありません」

助三郎は注意をした。

「決まったも同然ではないか。陣内の部屋に出入りしたのは、今野と大藪のふたり。そのうち、今野でないとしたら、残る大藪が陣内殺しの下手人に決まっておろう。そんなこと、子どもでもわかるぞ」

不満たっぷりに、光圀は言い返した。

はらはらとしている格之進をよそに、

「もうひとつの可能性があるではありませぬか」

助三郎は言った。

「なんじゃ」

盛んに首をひねる光圀の横で、格之進が思いついたようだ。

「……自害か」

「そんな馬鹿な。なんだって陣内が自害など」

光圀は一笑に付した。

「十分に可能性はあると思います。ただ、陣内さんの部屋に凶器は残っていませんでした」

助三郎の推量に、

「ならば、自害ではないぞ」

勝ち誇ったように光圀が吠えた。

「ともかく、大藪清蔵の話を聞くとしましょう」

浮き沈みの激しい光圀のことは放っておき、助三郎は言った。

七

「まあ、お座りください」

相変わらずの陰気な顔を見せた大藪に、助三郎は向かいの座を示した。

大藪は突き出た額に汗を滲《にじ》ませて、正座をした。助三郎が陣内の死を告げても、大藪はうつむいたまま、なにも答えない。

「いかがなさったのですか」

あくまで冷静に、助三郎は問うてみる。

「いえ、あの、驚きまして、その……」

大藪はしどろもどろとなった。

「大藪さん、陣内さんの部屋を訪れていますね」

「はい」

突き出た額から、汗が滴《したた》り落ちた。

「いつですか」

「半刻ほど前です」

大藪の答えに偽りはなかった。

「失礼ながら、陣内さんを訪ねたわけをお聞かせください」

「その……書物をお借りしようと」

「どのような書物ですか」

助三郎は問いを重ねる。

その間も、光圀は疑いの目で大藪を見ていた。

「戦国の世に来日しました、南蛮の坊主どもが書き綴った書物です」

大藪の答えに、

「ルイス・フロイスの『日本史』ですね」

格之進が確かめた。

「そのとおりです」

大藪は目をぱちぱちとさせた。

「そなたもバテレンに興味があるのか」

なおも格之進が問いを重ねると、大藪はうなずいた。

「はい……いささか」

「それで、陣内さんは貸してくれたのですか」

助三郎が問いかけた。

「いえ、貴重な書物ゆえ、貸してはいただけませんでした」

大藪が答えたところで、

「その書物、わたしも見かけたことがあります。いちばん左の書棚に収納されていましたよね」

助三郎の言葉に、

「そうでしたな」

迷いもなく大藪は答えた。

「そのとき、目あての書物を見たのですね」

助三郎は念押しをした。

「はい」

「おかしいな。フロイスの書いた『日本史』は、いま現在、陣内さんの部屋にないのですよ」

肩をすくめ、助三郎は首をひねった。

大藪は押し黙っている。

そのとき、

「大藪、おまえが陣内を殺したのであろう。観念せい！」

いきなり光圀は立ちあがった。

「そ、そんな」

大藪は顔を引きつらせ、腰を浮かした。

「逃げるな」

光圀が命じたからか、大藪は逃げることはせず、

「ほ、ほ、本当のことを申します。じつは拙者が部屋に入ったときには、陣内さんはすでに殺されていたのです」

と、意外な証言をした。

「嘘をつけ」

詰め寄る光圀に、

「う、う、嘘ではありませぬ！」

おどおどしながら、それでも大藪はすがるように言いたてた。

「嘘に決まっておる」

「本当です、本当です、足を踏み入れたときには、陣内さんは血の海のなかに倒れていたのです」

なおも光圀は迫ろうとしたが、

「御老公、信じてください。まことなのです。本当に陣内さんは亡くなっていたのです」

必死の形相で、大藪は繰り返した。

「……往生際が悪いのう」

さきほどの剣幕からは落ち着いたものの、依然として光圀は疑いを解かない。

なんとか信じてもらおうと、大藪は否認の言葉を繰り返そうとしたが、

「では、陣内さんの亡骸を見つけたときの様子を聞かせてください」

助三郎が冷静に問いかけた。

ふと我に返ったのか、光圀も深く息を吸いこみ、

「聞いてやろう」

ひとまずは受け入れた。

おもむろに語りはじめようとした大藪を、助三郎が制して、

「念のために申しておきますが、正直に、隠しだてをすることなく話してください。たとえば、まずは大藪さんが彰考館に入門した目的です」

と、大藪の目を見た。

「目的は学問……」

大藪が続けようとしたところで、

「隠しだてはするな！　……と申したでしょう」

不意に、助三郎は怒鳴った。

大藪の背筋がぴんと伸ばされ、

「……じつは拙者、バテレン教徒の調べが目的でした」

と、打ち明けた。

光圀の目が尖った。

「彰考館にバテレン教徒がいる、とお考えなのですか」

助三郎が問いかけた。

「そうです」

もはや、大藪もすっかりと観念したようだった。

「なぜですか」

「それは、御老公が水戸領内でおこなわれました、寺院の弾圧でございます」

「なんじゃと……」

予想外の答えだったのか、光圀が言葉を失った。

光圀は、水戸藩領内の寺院のうち、祈禱、葬祭をおこなわなかったり、檀家がいない寺院を取り潰した。いわば、寺の整理をおこなったのである。だがそれは幕府も知るところで、大藪とて承知のはずだ。

「ですから、これはひょっとして光圀公のご意思ではなく、彰考館に間違った考えが流行しているのではないか、と拙者は考えたのです」

切々と大藪は語った。

「なんと、そのような」

光圀の寺院整理は、決して仏教を否定するものではなく、乱立していた怪しげな寺院の取り潰しが目的で、むしろ手厚く保護された由緒ある宗派もあった。

破却《はきやく》について、光圀はおのれの真意を語った。大藪の表情が、だんだんと引きしまっていく。しかも、自分の過ちに気づいた悔いが顔中に表れた。

「わかったか」

光圀に確かめられ、

「畏れ入りました」

大藪は平伏した。

しばし沈黙ののち、

「拙者は、陣内兵庫こそがバテレン教を広める者である、と狙いをつけました」

またもや大藪は、意外なことを言った。

大藪は今野だけでなく、むしろ陣内の周辺を嗅ぎまわっていたらしい。部屋を訪ねたのも、陣内の所有するバテレンに関する書物を盗みたかったのだという。

「しかし、すでに書物はなくなっておりました。本当でござります」

大藪は訴えかけた。

「そなたが書物を盗み、さらには陣内を殺したのではないのじゃな」

光圀が迫ったが、

「やっておりませぬ」

頑として大藪は認めない。こうなると確たる証拠がないかぎり、白状はしないだろう。

そもそも助三郎の目には、大藪が嘘をついているようには見えなかった。

「では、聞きます。大藪さん、あなたが陣内さんの亡骸を見つけたとき、凶器を見ませんでしたか」

「そういえば……」

大藪は記憶の糸を手繰るように、斜め上に視線を向けた。

「刃物はなかったようなな」

大藪は自信なさげに言った。それはあながち、ごまかしではないようだ。事実としてなかったのかもしれないし、陣内の死に直面して驚きのあまり、とてものこと部屋の中を確かめる余裕がなかったのかもしれない。

「なるほど……しかし、であれば、おおいなる矛盾《むじゅん》が生じますな」

助三郎は言った。

「それは……」

大藪は訝しんだ。

「陣内さんの部屋に入ったのはふたり、あなたともうひとりですよ。あなたが陣内さんを殺していないのだとしたら、もうひとりの仕業かもしれません」

慎重に言葉を選びながら、助三郎は語りかけた。

「ならば、もうひとりなのでしょう」

乾いた声で大藪は答えた。

「ところが、もうひとりのほうも、自分の仕業ではない、とおっしゃっておられる」

困りました、と助三郎はぼやいた。

「今野はとぼけておるのです」

大藪は語調を強めた。

助三郎は口をつぐんだ。

そこで大藪も、はっとした。

助三郎はおもむろに、

「もうひとりが今野さんだと、ご存じだったのですか」

と、聞いた。

「いや、それは……」

とたんに、大藪はしどろもどろとなる。

「答えてください」

助三郎が詰め寄ると同時に、

「答えよ！」

光圀もいきりたった。

八

今度こそ本当に観念したのか、それとも別の理由があるのか、大藪は肩を落としてしゃべりはじめた。

陣内の部屋から書物を盗みだそうとうかがっていた大藪は、部屋から出てくる今野を見たのだという。

今野の顔面は蒼白、両目はつりあがり、額には汗が滲んでいたそうだ。

「それならば、なぜそのことを証言しなかったのですか」

「はあ、それは……」

大藪自身にも、みずからが光圀や彰考館の人たちから嫌われている、もしくは煙たがられている、という自覚はあった。格之進や助三郎とて、本心ではどう思っているかはわからない。

そんな自分が今野の怪しげな行動を摘発すれば、むしろ疑われるのはおのれのほうではないか。彰考館に入った目的を偽ったという後ろめたさがあって、とっさに今野のことは黙ってしまったのだという。

いまや、すっかりとうなだれてしまった大藪を前にして、助三郎たちは顔を見あわせた。

「ふうむ、どうするかのう」

難しげな顔をして思案する光圀に、

「まあ、まずは本人に聞いてみるしかありませんね」

いかにも簡単なことのように、助三郎は言った。

「またここに呼ぶのか。同じことになるのではないか」

「いえ、わたしひとりで聞いてみます」

助三郎は目を光らせ、きっぱりとそう言いきった。


そのまま助三郎は、今野悦太郎とふたりだけで対した。

陣内の部屋……亡骸は移され、血痕は生々しく残っている。

「今野さん、本当のことを話していただきたいのです」

そう声をかけてから、助三郎は沈黙した。

今野は苦悩を滲ませ、躊躇《ためら》いを示している。辛抱強く、助三郎は今野の口が開かれるのを待つ。

「……わたしが陣内さんを殺しました」

思いつめたような顔で、今野は告白した。

それでも無言のまま、助三郎はじっと今野を見返す。

「わたしが殺したのです」

今野は繰り返した。

「なぜですか」

静かに助三郎は問い直した。

「……それは、陣内さんのことが憎かったのです」

今野は目をしばたたいた。

「すごく懇意にしておられたではありませぬか。とても、仲違いなどしているようには見えませんでした」

「それはうわべです。あくまで、そのように装っていただけです」

「そう言われてしまえば、疑いようがありませぬが」

助三郎は言葉を曖昧にした。

「わたしは、陣内さんの才能に嫉妬したのです。陣内さんの幅広い学識……とても、わたしの及ぶところではありませんでした」

今野は唇を噛んだ。

「今野さん、あなたなら、そうした陣内さんをかえって尊敬し、謙虚に学ぼうとするのではありませぬか」

「そんなことはありませぬ、わたしは、非常に狭量です」

毅然とした口調で、今野は言った。口調と少年の名残をとどめる面相が対照をなし、今野の苦悩を物語っているようだ。

「そうではないでしょう」

助三郎は声を大きくした。

今野の目が見開かれる。

助三郎は表情を落ち着かせ、

「あなたは左利きですか」

と、問いかけた。

予想外の質問に、

「……いいえ、違いますが……」

今野は戸惑い気味に答えた。

助三郎はどんぐり眼をくりくりと動かし、真っ赤な唇を大きく開けて告げた。

「あなたは、陣内さん殺しの下手人ではありません」

「いえ、わたしが陣内さんを……」

今野がここまで言ったところで、

「あなたではありませんよ。陣内さんの亡骸は、刃物で咽喉の右が刺し貫かれていました」

と、助三郎は立ちあがり、喉仏の右側を指差した。

「右利きの者が刃物で相手の咽喉を刺せば、咽喉の左に刺し傷が残ります」

右側を刺した指を、助三郎は左側に移動させた。

続いて、

「一方、陣内さんがみずから刺せば、咽喉の右に刺し傷が残るのです。このように……つまり、陣内さんは自死であったのです」

帯に差した扇子を取りだすと刃物に見立て、助三郎は咽喉の右側を刺した。

今野も立ちあがり、

「しかし、陣内さんの部屋には刃物はありませんでした。自害したのなら、陣内さんの咽喉に刺さったままか、部屋に残されたはずです。また、血溜まりからして、陣内さんがみずからを刺したあとに部屋を出て、どこかへ放り投げたことも考えられませんね。だいいち、そんな余力はなかったでしょう」

医師らしく、今野は沈着な口調で反論した。

助三郎は動ぜず、

「陣内さんの部屋に刃物がなかったこと、よくご存じですね」

「佐々野さんから聞き……」

「話していません！」

一喝すると、助三郎は扇子を帯にはさんだ。たじろいだように、今野は後ずさりする。

「わたしは今野さんに、陣内さんが刃物で刺殺されたとは申しませんでした。今野さんが陣内さんを突き飛ばしたのでは、と疑いをかけましたがね……刃物を持ち去ったのは、今野さんですね。陣内さんに頼まれたのですか」

腰を落ち着け、助三郎は問いかけた。

今野も、膝からくずれるようにして座った。

虚ろな目で、今野は話しはじめた。

「陣内さんは、自害する、とおっしゃいました。ついては、手助けをしてほしい、とわたしに頼んできたのです」

陣内はバテレン教を信仰、つまり、キリシタンだった。陣内がキリシタンではないかと、今野はうすうす気づいていたが、素知らぬ振りをしていた。

ところが、大藪清蔵が、今野の身のまわりを嗅ぎまわるようになった。大藪は今野を探るうちに、陣内のことも気になってきたようだった。

「わたしは下田奉行所で、大藪さんに会いました。大藪さんは柳沢出羽守さまに命じられて下田にやってきた、とおっしゃいました。わたしが西洋の文化や文物を学ぶことを、声を大にして批難なさったのです」

その大藪が彰考館に出仕し、まるで今野を監視するかのようにまとわりついてきた。

すると、そんな大藪の目を、陣内が気にしだしたのだという。

「陣内さんは焦りはじめました。公儀がバテレン教徒の摘発に動いている、と考えたのです。このままでは、水戸家に迷惑がかかる。自分のせいで彰考館が潰されてしまっては申しわけない……そんなふうに、陣内さんは悩みました」

懊悩の末、陣内は自害を考えた。

ところが、キリスト教は自殺を禁止している。

「陣内さんはわたしに、殺してくれ、と頼みました。まさか、わたしにそんなことはできません。陣内さんも無理強いはしませんでした。それで、せめてもの頼みだと……」

　陣内は、おのれが殺されたように装うことにした。自害に使った凶器が部屋になければ、殺しとみなされるだろう。

「もちろん、その頼みだって聞けません……わたしは、なんとか自害を思いとどまるよう説得しました。しかし、わたしのような若輩の意見など、陣内さんは聞き入れてくれませんでした。わたしの気持ちは、陣内さんの心には届かなかったのです」

　説得にあたった今野の前で、陣内は咽喉に短刀を突きたてた。断末魔の形相で、陣内は今野に、刃物を持ち去るよう頼んだ。

「その願いを断りきれませんでした」

　短刀を抜く際、血がつかないよう注意したという。

　今野は涙目で、告白を終えた。

　助三郎は小さくうなずき、

「書棚の隙間には、バテレン教の書物が入っていたのですな」

と、書棚に視線を向けた。

「バテレン教の経典、バイブル、と西洋人は読んでおります。経典のほかに二冊、バテレン教の神、イエス・キリストに関する書物でした。陣内さんはそれらの書物を焼きました」

今野は隙間を指差した。

「火鉢が部屋の隅に置いてあったのも、自害の際に邪魔になるからですね」

助三郎は、部屋の隅に置かれた火鉢に視線を向けた。

「おそらく……」

「陣内さんの死の真相はわかりました。ですが、ひとつ疑問があります。今野さんは陣内さんがバテレン教徒だと、どうして気づいたのですか。西洋の文物について議論を交わすうちにわかったのですか……となると、バテレン教についてのやりとりがあった際、陣内さんの言動に、バテレン教徒を思わせるものがあったのですね」

助三郎の問いかけに今野は答えず、部屋の隅にある柳行李に歩み寄った。次いで、黙ったまま一礼すると蓋《ふた》を開け、木彫りの観音像を取りだす。

「陣内さんがバテレン教徒だと確信したのは、この観音像です」

ある日、今野がこの部屋を訪れると、陣内は文机の前に座し、なにやら祈りを

捧げていた。文机の上には、観音像があった。今野に気づかないまま、陣内は観音像に向かって、

「このように……」

今野は右手で十字を切った。

隠れキリシタンは、観音像をイエス・キリストの聖母マリアに見立て、祈りを捧げるのだ、と今野は説明した。

「なるほど……うむ、よくわかりました」

疑問は氷解し、陣内兵庫の死の真相はあきらかとなったが、助三郎の胸には寂しい風が吹きすさむばかりであった。

陣内兵庫は、病を苦に自殺したことにされた。

光圀が望んだ「大日本史、番外編」にある程度の道筋をつけると、今野悦太郎は彰考館を去った。来年の正月には、仙台藩の許しを得て、神田明神下で診療所を開くそうだ。

大藪清蔵は、学問探求とは無関係の探索活動が咎められ、除籍処分となった。みずからの正義感のあまりよけいな活動をし、学者としての前途に暗雲が立ちこ

めてしまって、大藪は意気消沈の日々を過ごしているという。

光圀は、彰考館内の庭に設けられた東屋《あずまや》にいた。そばに、助三郎が控えている。黄落した銀杏と真っ赤な紅葉が斑模様を作る庭を眺めながら、

「つくづく惜しい男を亡くしたな」

光圀は陣内の死を惜しんだ。

「陣内さんのバテレン教への入信を、いかが思われますか」

助三郎の問いかけに、

「陣内は学問熱心で、その好奇心ゆえ、バテレン教の研究に勤しんだのじゃろう。研究するうちに、信仰心が芽生えたのではないか……わしは、バテレン教を認めぬ。今野悦太郎にまとめさせた『大日本史番外編』に、戦国の世にやってきた宣教師どもが、イスパニアやポルトガルの先兵になり、日本を奪おうとしたありさまを記しておる。助さんも読むといい」

光圀に勧められ、助三郎は黙ってうなずいた。普段であればそんな言葉はすぐ頭から去ってしまうが、今回ばかりは助三郎も、かならず読もうと決意した。

なにより、今野が彰考館に残した唯一の置き土産を読んでみたかった。

「ただ、陣内は戦国の宣教師どもと違い、信仰に純粋じゃった。他人に広めようとはしなかった。ましてや、日本を南蛮や西洋の国に売り渡すような真似はしなかった。学問へのひたむきさ同様に、信仰に殉じたのじゃろうて」

淡々と光圀は語り終えた。それが、陣内を失った悔恨《かいこん》の情を物語っているようだった。

助三郎も同じ想いだ。

陣内兵庫は、どこまでもまっすぐな男だった。素直すぎるがゆえに、信仰心が篤くなる。信仰への気持ちが強くなると、他人へ伝えたくなる……つまり、布教へとつながる。

しかし、陣内は決して布教しなかった。禁教ゆえ、他人を、水戸家を巻きこむのを、よしとしなかったのだ。あくまで自分のなかだけで、バテレン教を信仰していたのだ。

肌寒い一陣の風が吹き、落ち葉を舞いあがらせた。黄と赤が混じりあった、小さな竜巻となる。

光圀は白絹の小袖の襟を引き寄せた。

「冷えますすな。そろそろ書斎にお戻りになられたほうがよろしいかと」

助三郎が勧めると、光圀は素直に応じ、東屋を出た。助三郎はよけいな言葉はかけず、光圀に付き従った。

沈痛な思いに浸っている光圀だが、じきに退屈の虫を疼かせ、助三郎をともない、江戸市中散策におもむくだろう。

天下の副将軍を相棒とする助三郎の活躍は、まだまだ続きそうである。

コスミック・時代文庫

相棒《あいぼう》は副将軍《ふくしようぐん》
雨中の黒船

2022年7月25日　初版発行

【著 者】
早見《はやみ》 俊《しゆん》

【発行者】
相澤　晃

【発 行】
株式会社コスミック出版
〒154-0002 東京都世田谷区下馬 6-15-4
代表　TEL.03(5432)7081
営業　TEL.03(5432)7084
　　　FAX.03(5432)7088
編集　TEL.03(5432)7086
　　　FAX.03(5432)7090

【ホームページ】
http://www.cosmicpub.com/

【振替口座】
00110-8-611382

【印刷／製本】
中央精版印刷株式会社

乱丁・落丁本は、小社へ直接お送り下さい。郵送料小社負担にて
お取り替え致します。定価はカバーに表示してあります。
© 2022 Shun Hayami
ISBN978-4-7747-6396-5 C0193

COSMIC
時代文庫

早見 俊 最新シリーズ！

書下ろし長編時代小説

吉宗の密命により世に潜む悪を討つ！
後の名君・徳川宗春

密命将軍 松平通春
悪の華

密命将軍 松平通春
春風の剣

密命将軍 松平通春
亡国の秘宝

絶賛発売中！

お問い合わせはコスミック出版販売部へ！
TEL 03(5432)7084
http://www.cosmicpub.com/

COSMIC
時代文庫

早見 俊 大人気シリーズ！

書下ろし長編時代小説

鬼の平蔵の秘蔵っ子

血に染まりし雪原で
忍者軍団と大乱戦！

最強同心 剣之介

① 火盗改ぶっとび事件帳
② 死を運ぶ女
③ 掟やぶりの相棒
④ 桜吹雪の決闘
⑤ 鬼平誘拐
⑥ まぼろしの梅花
⑦ 紅蓮の吹雪

好評発売中!!

絶賛発売中！

お問い合わせはコスミック出版販売部へ！
TEL 03(5432)7084

COSMIC
時代文庫

永井義男 大人気シリーズ！

書下ろし長編時代小説

猟奇事件に挑む天才蘭方医

奇怪な謎に秘められた完全犯罪とは!?

秘剣の名医【十二】
蘭方検死医 沢村伊織

定価●本体630円＋税

秘剣の名医
吉原裏典医 沢村伊織
【一】～【四】

秘剣の名医
蘭方検死医 沢村伊織
【五】～【十一】

好評発売中 !!

絶賛発売中！

お問い合わせはコスミック出版販売部へ！
TEL 03(5432)7084
http://www.cosmicpub.com/